三十年河东

徐舰 主编

中国商业出版社

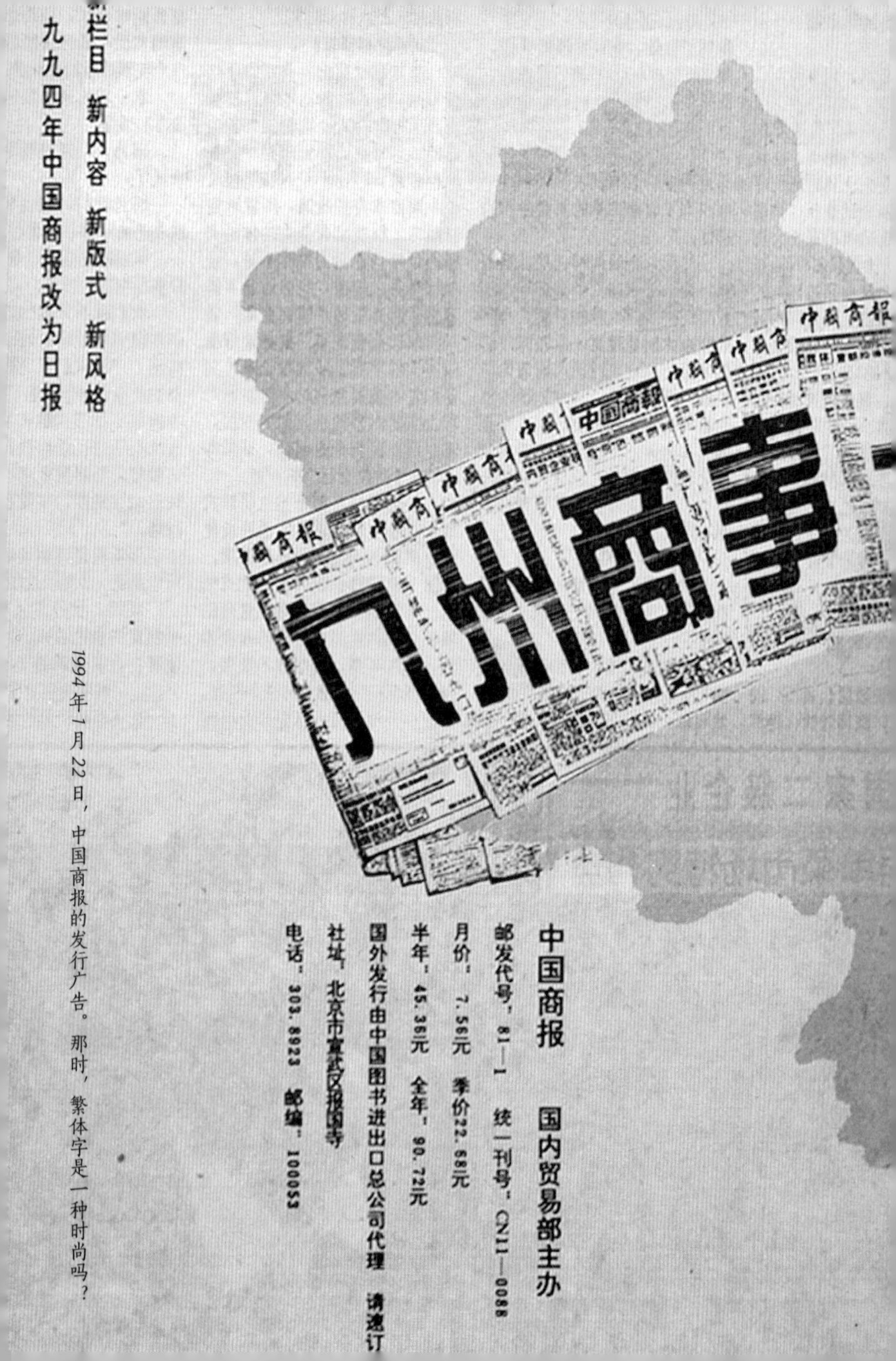

1994年1月22日，中国商报的发行广告。那时，繁体字是一种时尚吗？

無余
中国商报
总揽九州商事，开发市场信息
传递最新商情，把握市场机遇

目录

恒久的追求 恒久的价值

有一种说法叫“新闻是易碎品”，大概是说过去的新闻不会有人再读。是啊，这种说法还是纸质媒体横行天下时代的说法。新媒体时代，新闻更加易碎了吧，如果不是检索一类的特定需求，谁会翻看昨天的网页、微博、微信呢，当天的你都看不完。

不过新闻的易碎是在一定时期内的，跨越了这个时期，它那种“记录历史”的功能会跃然纸上。一般来说，人们普遍接触到的历史不是由新闻记录的，但你可以随便翻一翻某种三十年前的报纸，由它记录的历史绝对和书籍不同——

因为详实所以可信，因为短小所以生动，因为琐碎所以亲切。它有很多当年的观点，有很多当年的流行词汇，甚至就报纸而言，连它的模样、乃至广告都充满了当时的味道。今天的人书写的历史避免不了今天这个时代的影响，而当年的报纸，活脱脱就是一部生动的、亲切的、不被今天这个时代影响的原汁原味的历史。

什么样的史书会记载 BP 机的发轫或者喇叭装的流行？哪里去找寻入世谈判的艰难或者“川猪”的意义？如果只是一个过来人，哪怕是参与者对你眉飞色舞的讲述，你会百分之百相信吗?

中国商报创刊 30 周年之际，免不了翻一翻这 30 年的报纸，这一翻竟然有了许多意想不到的、关于历史的收获。不仅仅是商业，大到国计民生，小到身边琐事，那么遥远而亲近，那么直白而又深刻，活脱脱一部家国变迁的生动历史，也引发人们无限感慨。曾经的艰难是不是已经很难想起，曾经的时尚今天看来是不是可笑，曾经的辉煌是不是已过眼云烟，三十年前的报纸已经发黄变脆，曾经的梦想，依旧是梦想还是已经遗忘?

做新闻不能不了解历史，因为昨天是今天的原因。不了解历史，不懂得现实的来龙去脉，就不可能真正理解现实。

做新闻当然不是为了写历史。传播信息，记录事实，探究真相，这一切的终极目标是推动社会进步。品读30年的报纸，这种蕴藏在新闻字里行间的追求，就会轻而易举地跃入眼帘。这是几代中国商报人的追求，也是所有新闻人永恒的追求。只是经过时间的洗涤，这种追求会愈发明显。

新媒体时代，报纸已经显得有些老派了。自媒体时代，似乎新闻已经泛滥得毫无价值了。但是，不是每一个自媒体账号都有新闻人的职业素养与精神追求。追求真实、推动社会进步是新闻的本真，不管什么时代，都需要这些。

回到那些发黄变脆的报纸，回到那些鲜活生动的历史。

令人好奇的是，今天，最年轻的新闻人如何看待这些呢？于是一个念头产生了——让报社的90后们来评论一番吧，而且，应该主要让从事新媒体工作的小网编们上。根据手头工作情况，一个女生撰稿小组宣告诞生。六个撰稿人中，一个85后，五个90后，后来发现，其中四个竟然是今年的应届本科毕业生。面对一屋子报纸和一大堆稀奇古怪的问题，她们毫无惧色，不到一周初稿完成，四五天时间改过一遍。有些稚嫩但却可爱，有些偏差但不乏新奇，有些最终的文章虽然又经过了较大改动甚至重写，但其中仍然不乏她们的影子。最重要的，从她们的议论中，已经都能看到新闻人的追求。

三十年河东，三十年河西，时光悄然而无情地改变着一切，但是，总有一些东西是永恒的。

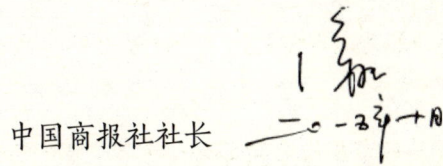

中国商报社社长

二〇一五年十月

天下，

很多时候，一个巨大的改变并不是轰轰烈烈的。

粮食、粮食

旧闻摘要：

国务院决定取消粮食统购实行合同订购

（中国商报 1985 年 4 月 2 日报道）

国务院决定，为了促进农村产业结构的调整，进一步活跃农村经济，从 1985 年 4 月 1 日起，取消粮食统购，实行合同订购。

国家实行粮食合同订购，重点放在那些适宜种粮、提供商品粮较多的地区，以保护粮农的生产积极性。对城市郊区适宜发展副食品生产的地方，发展多种经营潜力较大的地方，以及退耕还林、还牧、还渔的地方，都要逐步把粮食放

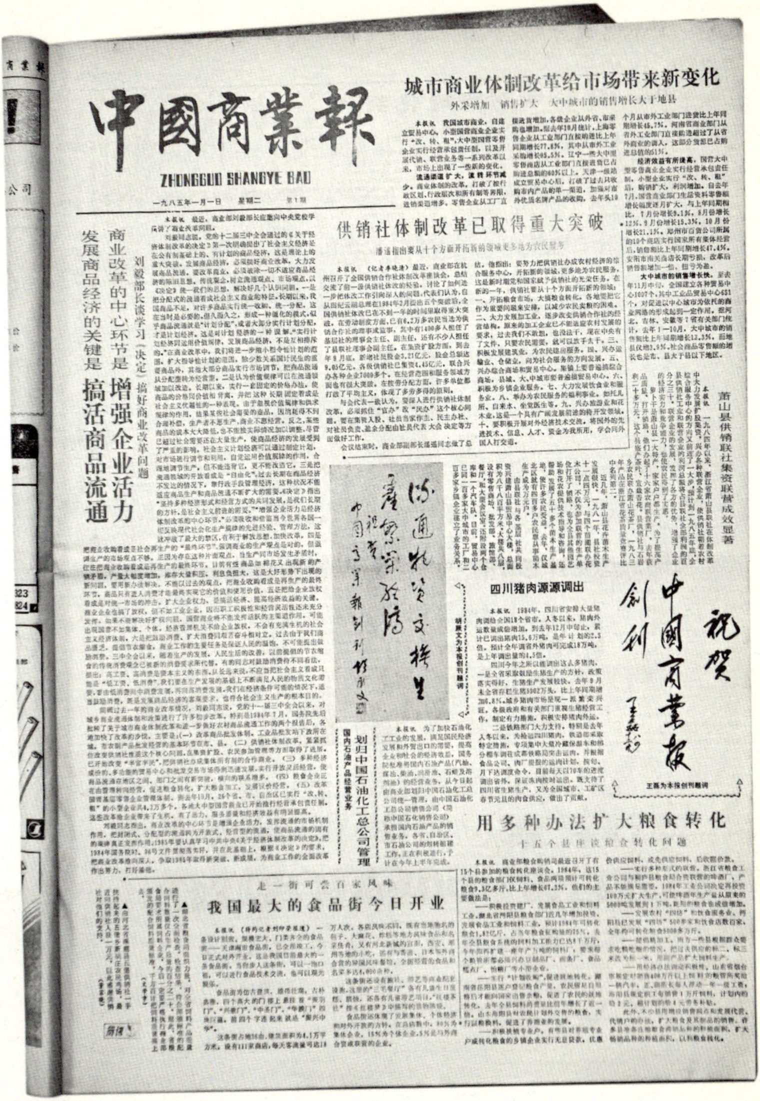
中國商業報
ZHONGGUO SHANGYE BAO
一九八五年一月一日　星期二　第1期

城市商业体制改革给市场带来新变化
外采增加　销售扩大　大中城市的销售增长大于地县

刘毅部长谈学习《决定》搞好商业改革问题
商业改革的中心环节是增强企业活力
发展商品经济的关键是搞活商品流通

供销社体制改革已取得重大突破

萧山县供销联社集资联营成效显著

四川猪肉源源调出

国内石油产品经营业务划归中国石油化工总公司管理

用多种办法扩大粮食转化
十五个县座谈粮食转化问题

走一街可尝百家风味
我国最大的食品街今日开业

1985年1月1日中国商报出版第一期。"发展商品经济的关键是搞活商品流通"，这句话好像还不过时。

开，以发挥地利优势。对贫困的地方，也要逐步放开。对繁育优良种籽的专业场（户）生产的粮食种籽，不列入合同订购，可以由主管种籽部门经营，也可以自由购销。

郑州模式——中国粮食市场发展里程碑

（中国商报 1995 年 11 月 18 日报道）

中国郑州粮食批发市场，于 1990 年 10 月 12 日经国务院批准成立。运行两年多以后，1993 年 5 月 28 日宣布成立中国郑州商品交易所暨中国郑州粮食批发市场。这次“升格”，标志着郑州粮食批发市场发展到了一个新的阶段。无论地位还是影响，这个具有期货机制的规范化批发交易市场，都是中国粮食市场发展史上的里程碑。

今日点评：

粮食、粮食！

不知道其他国家历史上是不是也这么重视粮食，反正似乎中国从古至今对粮食的重视程度都是无以复加的。是因为我们自古以农为本的理念吗？可是这种理念又从何而来呢？

是因为我们人多地少的现实吗？可历史并非从来如此啊。也许这是一个玄妙的问题，没有确切答案，不过，无论多么重视粮食都是对的，至少中国人会这么认为。

如果有一部《中国粮食史》的话，1985年4月1日，国务院决定取消粮食统购统销，实行合同订购，以及1993年5月28日宣布成立中国郑州商品交易所暨中国郑州粮食批发市场，绝对都是值得记录、解读的历史性事件。前者开始给予农民一点点粮食交易自主权，而后者则标志着我国粮食交易进入现代化阶段。

粮食首先意味着生存，然后是温饱。现在说粮食，人们好像已经不再关心这两个话题，这应该是盛世景象吧。但是，不关心生存、温饱，该关心粮食的什么呢？生存、温饱真的不该关心吗？

以农为本的理念早已瓦解，人多地少的现实却在加剧，而且，生活质量越高对粮食的需求越大，这一切好像都必须指向一个点——必须更加重视粮食。而且还必须能拿出更多的办法，因为现在一旦出现粮食问题，不可能回到合同订购，也不是一个交易市场就能解决的。

又想起了新闻中偶尔会提及的那条红线——18亿亩耕地。中国13亿多人口，差不多刚好是人均一亩三分地。粮食只能长在地里，这18亿亩耕地，真是根基中的根基，确实要保住。

不会再有“社资”之争

旧闻摘要：

关广梅：姓社还是姓资？

（中国商报1987年7月4日报道）

1985年4月，关广梅一鸣惊人，租赁了本溪市一家副食品商店，年中实现利润25.2万元，比上年增长40%，居全市36家副食品商店实现利润额的第2位。第2年，她又租赁已经亏损6.5万元的一家副食店，同年底，这家已连续亏损6年的商店扭亏为盈；接着她有连续租下6家副食店，形成租赁群体，共拥有职工1000多人，总销售额占全市营业系统副食品零售商店总额的1/3，利润占1/2。

今日评论：

不会再有“社资”之争

关广梅阿姨，你还好吗？

变革、突破所面临的问题往往就像一筐螃蟹，抓起一个会自然牵起另一个，涉及的利益关系错综复杂、环环相扣，从商鞅变法至今，莫不如此。28年前，关广梅租赁了几家连年亏损的副食店，竟然引起一场“姓资”还是“姓社”的全社会大讨论。放眼现在，“姓资姓社”的问题已经让人非常陌生了。

说开来，“关广梅现象”是一场自下而上的改革。她推开了所有制这一中国经济改革的樊篱。不可否认的是，任何改革都有它的时代边界，而关广梅就是触碰了那个时代的边界。

好在关广梅的边界被突破了，而且这种边界始终在扩大着，所以，更多的改革、创新不断出现。时代在变迁，当初即使再流行的东西也会变成历史，任何一种模式都有陈旧的一天。租赁商店、承包经营，今天看来多么老套，多么落伍，但是今天的所有改革创新，却是从那里一路走来。

现在的经济领域，好像没有什么“大讨论”，而且连中石油中石化这样硕大无朋、关系到国计民生的央企都在考虑如何吸纳民间资本推行混合所有制了，租个小商店算什么呢。大型国企要推行混合所有制，要是在当年提出来，会被杀头吧。

看，股市的主线

旧闻摘要：

股票冒汗（中国商报 1992 年 5 月 3 日报道）

自 1990 年夏季以来，号称全国证券交易最热点的万国黄埔营业所门前，天天是人堆。营业所的一面玻璃窗已被股民挤碎，指头粗的垂帘铁门也被挤得凹进去。“现在我们只代理 3 万元，可还是那么多人！只能再砌一堵墙，加上钢栏杆才行。”谢荣兴经理说。

1200 万人口的大上海，城乡居民银行存款金额达 300 亿元，而上市股票不到 2 亿元，巨大供求落差使上海股价疯涨，似乎谁买股票谁发财。然而，股市风险与日俱增。

据了解，上海目前共有 20 家股份制试点企业，15 种股票已经上市，上市股票近 2 亿元。

供给的严重失衡给股价上涨奠定了基础。长期牛市运营，使最初上市的 7 种股票价格平均上蹿 20 倍，最高的豫园商场股票竟达 50 倍，100 元的面值，4 月 17 日收盘价 5076.30 元。

市场严重扭曲，按照股市一般规律，上海股市已成“疯涨”。

然而，上海股价仍高居不下，部分股票仍向更高价位挺进，多头市场也持续至今，股市风险剧增。

鉴于以往发行股票给买卖双方带来极大困难，这次上海市首创了一种认购证发行法，即预先以 30 元一张的价格发行“新股认购证”，通过摇号决定能否认购新股，对摇上号者每张可享有 30 股的新股认购权。

在上海股票交易史乃至中国金融改革开放史上，1992 年 2 月 21 日都该大书一笔，这天，我国惟一拥有全世界 24 个国家和地区 230 名“股东老板”的上海真空电子器件股份有限公司（简称电真空）B 种股票，在上海证券交易所首场进行交易。B 股在上海证券交易所的上市也标志着上海证券交易开始与国际证券市场接轨。

今日点评：

看，股市的主线

看过这篇新闻就知道，1992 年的上海股市真正“买到就是赚到”，而且会赚得盆满钵满。

所以挤破玻璃也要买，挤坏卷帘门也要买，绝对不是砌一堵墙或者加一道钢栏杆能挡得住的。所以股市“长期牛市运营”，“股价高居不下”。

豫园商场股价 5076.30 元？ 5076.30 元！股价平均上涨 20 倍？平均 20 倍！所有上市股票 2 亿元？不知道这个是指发行价还是市值，反正一共就 2 亿元！

所有这些，都不是今天的新股民们所能想象的。

股市的最大的变化是，今天的新股民们一定能感受到市场的变化无常，无常得让人夜不能寐。那种忽而上天忽而入地的感觉，已经不是“坐过山车”这种小儿科的东西所能比拟的了。

很想到上交所问问，当年的“老八股”，会有人至今始终持有吗？还有，新闻中提到的这15家上市公司，今天还都正常运转吗？恐怕答案都是否定的。是啊，20多年过去了，谁会始终持有某种股票，那15家企业怎么会依然故我呢？

可是在那些市场成熟国家，不少人从一开始就会把某种股票长期持有甚至作为遗产传给子孙，一大批企业从他们的股市诞生至今没有卖壳、退市或者彻底转行。也许它们变得经营规模更大、覆盖领域更广，可它们确实还是它们。这些现象存在了很多个20多年，这又为什么呢？

中国股市诞生的一个最重要原因，是为当时的国企改革募集资金，或曰圈钱。现在的许多企业，以上市圈钱为终极目标，不是把企业的百年发展作为头等大事；中国的许多股民或者机构，乐于跟着那些编概念、吹泡泡的企业一起圈钱。所以，圈钱就成了中国股市20多年来一以贯之的主线。

这样的股市自然变化无常，让人上天入地。

爱吃就吃自己的，吃公款哪有那么快活

旧闻摘要：

上海“吃公热”降温（中国商报1990年2月27日报道）

农历岁末年初，记者走访了上海的一些饭馆酒家，发现“吃公热”正在降温！

在著名的梅龙镇酒家能摆下20多桌筵席的底层厅堂，记者看到摆整桌酒席的才5桌，桌上不少席位还虚位以待。酒家副经理姚楚豪介绍说，1989年筵席营业额锐减，主要原因之一就是公费宴请明显减少。与上一年相比，公请从占全年营业额的30%跌落到10%左右，下降幅度为60%以上。

1988年公请酒席占营业额30%~50%的静安区饮食公司所属的十来家饭馆酒家，1989年平均公请酒席也下降了60%左右。新亚集团是上海最大的饮食业联营公司，据估算，1989年光顾这家集团所属饭店的“公费美食家”，比上一年减少了100万人次。

据一些饭店的经理们反映，目前公费宴请的规格也在降低，陪吃人员明显减少。外滩附近豪华的锦江香格里拉餐厅里，高档中西筵席公请消费几乎绝迹。在南京路上一家饭店里，记者看到一名企业业务人员正陪同5名外地协作单位的业务人员在厅堂一隅小酌，他们企业为一些必要的协作交往，严格规定了用餐规格和陪客人数。

据分析，上海用公款吃喝现象大大减少，主要得益于廉政风气的倡导和企业厂长、经理廉政惩腐意识的提高。同时，开展财税大检查，禁止私设小金库等措施也起了制约作用。一些订货会、鉴定会、交流会的东道主们也一改非大肆招待一下不可的陋习，而是努力以产品质量、经营作风和服务态度去赢得客户的青睐。

今日点评：

爱吃就吃自己的，吃公款哪有那么快活

1988年，上海静安区饮食公司的营业额中，竟然有接近一半是公款消费！上世纪80年代末就有如此严重的公款吃喝现象，这实在令人错愕不已。同样令人错愕的是，到这篇报道发表的1990年，“得益于廉政风气的倡导和企业厂长、经理廉政惩腐意识的提高”，公款吃喝下降了令人惊愕的60%。那时，人们一定觉得那些不合理的公款吃喝将要灭绝了吧。

后来呢，公款吃喝仿佛“野火烧不尽，春风吹又生”，从单纯的吃喝走向了“三公消费”，从“能摆下20多桌筵席”的“底层厅堂”走进了包间，走进了奢华会所。懒得去查1990年到现在提倡过多少次廉政反腐，出台过多少相关规定。那些规定和后来浮现的几万元一桌的餐费、十几万元一张的球卡甚至几百万一张的名画相比实在是苍白无力。

美食是一种文化，口腹之欲也无可厚非。只是，无论按着美食攻略去吃街边小店，还是进高尚名店点几个精美大菜，总是要和亲朋好友一起，自掏腰包品美味叙旧情才是一种快乐，这叫热爱生活。相反，和一些莫名其妙的人，为了某种不体面的私利，前呼后拥地进入包间，初而互相提防没话找话，继而酩酊大醉胡说八道，吃了好的喝了贵的却不知其味，甚至头疼胃疼哇哇吐，很有意思么？因为不用自掏腰包，就很快活么？不仅降了自己的格，也让那一桌珍馐美味升腾着污浊之气。

可是这种事为什么就蔓延不绝呢?

你得承认，十八大以后的反腐与以往全然不同，“吃公热”又一次大幅度降温了。这一次的然后，会是什么样呢?

今天，你是“必剩客”还是“光盘族”

旧闻摘要:

3亿多亩粮田是怎样被白白丢掉的?

(中国商报1990年3月2日报道)

说起我们粮食，大家可太熟悉了，因为有了我们，人类社会才得以发展到今天的水平。可能将来还会以我们作为“新纪元”开始的标志呢!

然而，目前的世界可少不了我们，尤其是在中国，我们粮食更是“宝中之宝”，看了下面几组数字你们就更清楚了。

中国人均占有耕地只有世界平均水平的1/3，而且从1984-1989年平均每年减少960万亩，人口却从1986-1989年平均每年净增1600万。

中国人均占有我们粮食的情况又怎样？1989年我们总产量4074.5亿公斤，比历史最高水平的1984年还多，再看人均占有量：1984年394公斤，而1989年却降为366.4公斤。

这就是一增一减的严重局面。

还有更严峻的呢！

人均366公斤的占有量，其中约有72公斤并没有被你们充分利用，要算大账的话，每年这一部分约800亿公斤。

这等于农民白种了3亿多亩粮田。

不信，就请您跟我们走走看看。

种、收两头可挖潜67.5亿公斤……

储存运输是大头——300亿公斤……

加工之中算细账——10亿公斤……

餐桌上——200亿公斤……

被科学遗忘的角落（中国商报1990年3月29日报道）

改革开放之后，大多数中国人的第一感受是饭桌上的变化。确实，1988年，全国城镇居民人均肉、蛋、禽等消费量已由1964年的17.64公斤上升到50多公斤。据初步估算，全国每年因用粮食直接喂禽畜，按 20% 损失率计算损失粮食达 160 多亿公斤，相当于 11 亿中国人近一个月的口粮！

年平均少销千万公斤粮食

（中国商报 1990 年 5 月 12 日报道）

靠勤俭节约开发“无形粮田”。这是江苏省开展全民节粮活动中提出的主张。这一活动，已初见成效。

由江苏省粮食局发起得到省政府支持于今年初开展的这项活动，形式多样，内容丰富。通过前段的宣传发动，增强了人们节粮的自觉性，粮食部门的表现尤为明显。看到粮价下跌，常州市准备全部改用粮食淀粉，后经宣传，决定仍用代用品，全年大约可节约淀粉 10 万公斤。

今日点评：

今天，你是“必剩客”还是“光盘族”

粮食的浪费问题看来由来已久。如今，生活富足，节约粮食已是一个无关温饱、无关面子的问题。

节约粮食无关温饱。如果仅仅是温饱问题，就意味着没有温饱的时候要节约粮食，解决温饱以后就可以浪费粮食了；如果仅仅是温饱问题，就意味着在“锄禾日当午”的年代，粮食产量低，所以要节约粮食，如今有了机械化和转基因，粮食产量大大提高，种粮不再那么辛苦，所以就可以浪费粮食了。不是的，不是这样的。

节约在今天更多地与个人修养有关。朱柏庐在他著名的治家格言里提出“一粥一饭，当思来之不易”，当然不是因为肚子饿，而是一种修养。贪婪、傲慢、虚荣这些东西就像小怪兽一样潜伏在人性当中，没有好的自我约束能力，它们会时时露头。只有养成珍惜、尊重、勤勉这些品质，才能打败那只小怪兽。

如何提升修养？每日三餐就是最好的考卷。对每一粒粮食体现出贪婪、傲慢、虚荣还是珍惜、尊重还是勤勉？每日请回答三次。当然，这无关生活品质，节俭不等于吃糠咽菜；无关食品健康，节俭不意味着无论食物是否新鲜，你都要强吞下去。

“无形粮田”这一概念提出的时候，还属于粮食相对紧缺时期，所以主要强调温饱。今天提到节约粮食，也有国计民生的考量。只是，如果你已经小康甚至富足了，“成由勤俭败由奢”其实更加迫切，节约粮食，养成光盘习惯，就意味着更深的含义。

当年的“国际倒爷”们

旧闻摘要

苏联“一日倒”（中国商报1991年6月9日报道）

初冬的一天，我有机会参加了到黑龙江省黑河市对岸、苏联远东阿穆尔所在地布拉戈维申斯克（海兰泡）市的一日游（当地人称之为“一日倒”）。

当地人说携带的商品可比旅游部门及海关规定的稍多些。出发前，有些人喜欢“冒险”，每人都买回一大包货。我买了4件仿皮夹克（36元，单价，下同）、4个编织袋（5元）、4个折叠旅行包（14元）、3双单面造革旅游鞋（16元）、40串项链（6元）、2盒蜂王浆（5元）、2盒泡泡糖（17元）、

2 顶旅游帽（4 元）、2 个化妆盒（3 元）。从个体户手里换卢布很方便，1 元人民币换 2 卢布，换得多还可以便宜。

一日游早上，我们按学来的办法“化妆”。将夹克一件件套起来穿，外面是一件肥大的紧领口衣，或将夹克围在腿上、腰间，蜂王浆和化妆盒塞在两肋下，项链都串在一根项链中，戴到脖子上，再把规定数量的物品放入随身包内。

正式“游”开始了。在对岸，我们一次次下车，国货渐渐变成洋货。我的收获：7—8 件大衣、4 个剃须刀、几款手表、2 个绞肉机、十几个蒜泥器、咖啡壶、几套精致的刀斧锤等工具、健身弹簧跳跃器等等，满满 3 编织袋。身上的防雨绸夹克变成呢大衣，头上旅游帽变成 4 顶礼帽。

今日点评：

当年的“国际倒爷”们

当年的“国际倒爷”有中国人，也有老外，他们曾经是中外贸易的一道风景。

在北京、上海或者后来的义乌，都曾大量出现老外倒爷，以东欧的为主。硕大的塑料编织袋是标配，他们出入于各地服装、小商品批发市场，一袋一袋地装走廉价的“中国制造”。相应地，也有大批的中国倒爷带着同样的编织袋，同样廉价的中国制造涌向东欧。庞大的倒爷群体也伴随着一系列问题，比如假冒伪劣、不公平交易，甚至是一些社会秩序问题。恐怕无法统计这种贸易每年的交易额有多少。今天的新生代也许会不解，为什么这样做贸易呢，为什么不是车皮、集装箱？现在的海淘客也不这么玩儿啊，当年的职业倒爷怎么会笨手笨脚？原因很简单，当年不是现在。

现在说起“中国制造”，人们的感情有些复杂——依然骄傲，却又加载了诸如低科技含量、低附加值这样的概念。同时，中国经济早已不再依靠生产低价日用消费品赚取外汇，而且劳动力价格在上升，经济在转型升级，“一带一路”的计划在推进，这显然都是进步。最简单的商品，最初级的贸易形式，以及那些大包小包的倒爷，早已淡出了人们的视野。

不过，那些廉价、低技术含量、低附加值的中国制造的日用消费品，却是中国的第一桶金，是中国曾经的廉价劳动力们用双手和汗水起早贪黑制造的。鲁班发明的那把锯一定极其难用，更没法和电锯相比，但木匠们对鲁班却会世世代代地顶礼膜拜。由此想，我们对那一船一船的衬衫、打火机或者毛绒玩具，也应该增加几分敬意才对。由此想，对那些“刀耕火种”级别的贸易商——国际倒爷们，也应该增加几分敬意吧。

这篇报道是当年中国商报记者的亲历，是“体验式报道”，是记者“玩儿票”。大叔，您玩儿得够 HI。

小平，今天您会网购吗？

旧闻摘要：

您好，小平（中国商报 1992 年 4 月 5 日报道）

正在北京开人代会的沪百一店营业员马桂宁回到“娘家”营业部时，再也抑制不住喜悦的心情，立刻说起了他接待小平同志时那难忘的一刻。

2 月 18 日正逢元宵佳节，晚 7 点多，全国最大的国营商店上海一百，店外霓虹灯鲜艳夺目，店内顾客依然川流不息，此时邓小平同志和夫人、女儿来到这里。他今天来这里不同往常，而是以一位普通顾客的身份参观、购物。

小平同志在三楼参观后，来到文具柜台，以高超服务技艺闻名全国的马桂宁临时过来接待。小平同志认真地选购了铅笔和橡皮，当马桂宁为他包好、装好后，小平同志付了10元钱。这时，上海市委书记吴邦国向小平同志介绍马桂宁："这是全国劳模、十佳营业员，他到哪里，哪里生意就好。"

小平同志听后连声称好。吴邦国又建议小平同志与马桂宁合影，小平同志欣然同意。

浦江无愧东方风（中国商报1994年1月18日报道）

两年前，共和国改革开放总设计师的南巡被誉为世界东方的"旋风"……

上海经济步入了发展的快车道，1992年比上年经济增长14.8%，1993年比1992年增长14.9%，这个速度是有质量、有市场、有效益的速度。

商业改革与发展相互促进，成就显著。两年前，上海提出要发展大商业、大市场、大流通的构想，就是重振上海作为中国、亚洲乃至世界商贸中心的雄风。在构造期货市场和大型批发市场等与世界市场接轨的市场体系的同时，上海提出了“东南西北中”商业设施改造工程。

对外开放步伐加快，1992 年引进项目 2012 个，33 亿美元，相当于前 12 年的总和；1993 年引进项目 3650 个，金额 70 多亿美元。

今日点评：

小平，今天您会网购吗？

1992 年，一个耄耋老人以一位普通人的身份南巡，至上海期间专程到全国最大的国营商店上海一百参观、购物。看似“无心插柳”却“绿柳成荫”。此次南巡，改变了束缚人们的诸多观念，为后来的中国经济腾飞打下了坚固的思想基础。效果立竿见影，仅仅两年之后的 1994 年，上海的商业发生了翻天覆地的变化。如今的商业早已星转斗移，当初的大型百货商店也难现往日辉煌。如果老人家还在，是否也成“网购”一员？

从“逛商场”到“剁手党”。曾经，三五好友约起来，一起去逛商场，即使没有买到自己心仪的东西，那种“逛”的劲头和精神却让人难忘。尤其是男士们，最怕听到老婆或者女朋友让陪着逛商场。而如今，随着网购的兴起，有些商场变得冷冷清清了。如此一来，男士彻底翻身解放了吗？如果你真的那么认为，那只能说明你很傻很天真。现在他们不怕“情人节”，反倒最怕“购物节”，最怕“剁手党”的女朋友买买买，根本停不下来。

如今，足不出户买遍全球。网购正在改变着中国人的消费模式和偏好。蓬勃发展的互联网经济，不但使相当一部分国人享受到了便捷、实惠的消费体验，还让国内消费者足不出户却“买遍全球”成为可能。

从一定程度上说，小平的南巡也为今天的互联网经济奠定了基础，对吗？未来的消费方式是怎样的，你敢想象吗？

世贸是一所大学

旧闻摘要：

我国与欧盟入世谈判画上句号

（中国商报 2000 年 5 月 20 日报道）

中国和欧盟关于中国加入 WTO 的双边谈判终于画上了圆满的句号，标志着中国加入 WTO 将进入程序性阶段。更为重要的是，中欧协议的达成为双边经贸关系消除了障碍和壁垒，为双方企业都提供了巨大的市场机遇。

中欧“入世”谈判可谓是好事多磨，但协议达成亦是情理之中的事，因为欧盟绝不会放弃在中国的市场份额，中国也需要欧盟市场。

据国家海关总署统计，1997 年中欧双边贸易额为 430 亿美元，1998 年为 489 亿美元，到 1999 年达到 557 亿美元，其中中方出口 302 亿美元，进口 255 亿美元，欧盟成为继美、日之后的中国的第三大贸易伙伴，中国也是继美国、瑞士、日本之后的欧盟的第四大贸易伙伴。

欧盟已经成为中国的主要投资来源地，近年来每年在中国新设外资项目近1000项，合同金额50亿美元左右，实际投入1998年为43亿美元。1999年即便受亚洲金融危机的冲击，国际资本看淡亚洲，但欧盟国家对华实际投资仍达44.7亿美元，比上年增长4%。到去年底，欧盟对华直接投资项目累计达1.2万余个，实际投入近220亿美元。法国家乐福超市、德国安联保险、英国汇丰银行等，都在中国服务贸易开放的试点中占尽先机。大众、西门子、诺基亚、联合利华、壳牌、阿尔卡特、爱立信、雪铁龙、贝尔等欧盟国家的大公司在中国占据了巨大的市场份额。

今日点评：

世贸是一所大学

世贸是一所大学。

这所大学很难考。中国为了就读它，一科一科地考，考了整整十年。其中，美国、日本、欧盟都是非常复杂、难考的科目，这篇报道说的就是中国考过了欧盟这一科。

这所大学很昂贵。想要就读这所学校，你必须开放市场，必须熟悉它的规则。不仅仅是贸易，还牵涉到生产制造、行政管理等诸多方面。得到与失去，中国权衡了很久。

读这所大学甚至有一个潜在的巨大风险——因为牵涉太多、太深，你一旦全盘遵从它，你可能就不是你自己。

可是不读这所大学不行。因为在相当程度上，它是世界贸易的主流，而世界经济一体化的趋势那时已经显现。不读它，你就被排斥在世界贸易、世界经济的大门之外，永远处于非主流地位，注定是一个配角。

必须读，必须保证自己的基本利益，更要永远保持自我。这，也就是这所学校难考的核心原因。

看一看1997年的中欧贸易额，430亿美元。不知为什么，总觉得当年新闻的客观描述中带着一种自豪感。现在呢？2014年李克强总理说，中欧贸易额是每天15亿美元，也就是每年达到5000多亿美元。这个数据，可以算是中国就读世贸这所大学十多年交出的成绩之一吧。

更重要的是，中国已经成为世界经济、贸易最重要、最核心、最骨干的组成部分之一。也就是说，中国快从这所大学毕业了。

一带一路计划的实施，中美、中欧投资协定谈判的展开，都是中国在考研。

中国，一定会再交出一份令自己满意的答卷。

土地的分分合合

旧闻摘要：

天下：农村土地改革掀起土地流转热潮

（中国商报 2008 年 10 月 21 日报道）

改革开放 30 年来，农村社会经济发生了翻天覆地的变化，目前农村改革又进入一个新的关键时期。刚刚召开的党的十七届三中全会对当前和今后一个时期推进农村改革发展做出了新的具体部署，为“土地流转”定调，对农村改革而言，具有划时代的特殊意义。

今年以来，来自黑龙江省、吉林省、河北省等地的一些官员，“不约而同”地先后来到远在千里之外的四川省成都市。

这些官员绝大多数都来自农业口，他们成都之行的目的是向同一家公司“取经”，这家公司全称是“成都市现代农业发展投资有限公司”。

……

成都市农发投公司为什么会吸引一批又一片的外地官员前来学习？据中国商报记者了解，为建立健全农业农村资源的市场化配置机制，多渠道增加对“三农”的投入，实现现代化农业发展新突破，去年3月份，成都市政府又组建市级政策性的成都市农发投公司，搭建农业发展的投融资平台。

今日点评：

土地的分分合合

中国历史上许多重大变革都与土地的所有、使用制度密切相关。细说一定十分复杂，简单地说，大概就是在公有—私有、分散—集中之间不断切换着。从商周时期的均田制到春秋战国的井田制，这种切换就始终延续着。

时光进入1978年，安徽小岗村18名农民冒着坐牢的危险，偷偷摸摸地在土地包产到户的“盟约”上摁下了手印——土地再次由集中切换为分散。当时他们绝未想到此举对整个中国的意义。

这一次切换的效果十分明显。作为当时超过三分之二人口生活在农村的中国来说，以家庭为单位的承包到户的农业生产资料所有制，极大地激发了农民的生产热情，短期内就解决了吃饭这个困扰了中国人几千年的天大的问题。

时光进入21世纪，包产到户的“先进做法”已落后于今天的发展。采用最新科技，实行规模经营，转型现代农业已经渐成趋势。由此，“土地流转”成为国家最为关切的问题之一，土地的使用由分散模式改为集中模式的新一轮切换再度展开。

这一轮农村土地流转的核心是让市场充分发挥土地资源配置作用，从而让农民成为获益者，让配置合理化。这篇报道中的成都做法，又在此基础上附加了资本运作概念，从而使农民、土地的效益尽量放大。应该说，这些都是全新的尝试。

真是天下大势分久必合，合久必分。但愿这一次切换，能给中国社会、中国历史带来更多的收益。

身边，

总有一些琐事，让你觉得回味悠长。

推理论的100个现实

旧闻摘要：

小型传呼机在京试用（中国商报1985年7月30日报道）

只要您随身携带一个烟盒大小的机器，方圆200公里以内，您就可以随时得到电话服务。这个“烟盒”是香港星光传呼集团今日为北京用户提供的第一批无线电传呼实验的样机。

样机名字叫“BB机”，是一种单向输送的无线电接收机，人们有事要找传呼机的用户，只要告诉传呼台，用户的传呼机就会在小屏幕上显示出数字、英文或汉语拼音。这种传呼系统投资小，信息传递迅速，在国外许多地方已经普及。

今日点评：

推理论的100个现实

只要您随身携带一个烟盒大小的机器（其实并没有那么大），方圆200公里以内，您就可以随时得到电话服务（现在200公里算什么，地球的另一端都能联系到）。这个“烟盒”是香港星光传呼集团今日为北京用户提供的第一批无线电传呼实验的样机（为北京用户提供？现在连偏远地区人民都不用它了）。

样机名字叫“BB机”（应该叫BP机好么），是一种单向输送的无线电接收机（您还停留在单向输送呢？现在都N项输送了吧）。人们有事要找传呼机的用户，只要告诉传呼台（传呼台早倒闭了，传呼台小姐都失业很久了），用户的传呼机就会在小屏幕上显示出数字、英文或汉语拼音（可以显示英文和汉语拼音就算两个功能？夸大其词。用汉语拼音发信息？那可一定讲究点儿。wo ai zhe ni，这么发一条，要想表达的是“我挨着你”，那可能就闹误会了）。这种传呼系统投资小，信息传递迅速（真的吗？被传呼的人附近如果没有电话怎么给你回信），在国外许多地方已经普及（现在在全世界已基本消失）。

何必为铁锅操心

旧闻摘要：

铁锅还有发展前途吗（中国商报 1985 年 7 月 30 日报道）

近几年来，款新型美、轻薄适用、导热性能良好的铝锅、铝合金锅、不锈钢锅取代了部分铁锅。因为有人认为，铁锅将被淘汰！笔者认为，铁锅是我国传统的炊具，它具有其他锅取代不了的优点，仍有发展前途。

从铁锅本身的特性看，铁锅的分子结构比较松疏，储存热量的能力强于其他产品。

从生活习惯和消费状况看，铁锅适用于农村烧柴草和使用大锅（直径 1.8 尺以上）的习惯，在农村有广阔的市场。

从卫生角度看，铁锅含无机铁质，通过炒菜时进入菜肴被人体吸收，是人体健康不可缺少的元素。且铁锅所含的有机铁更易被人体所吸收利用，因此，如不使用铁锅，等于断绝了一条铁质的补充渠道。

由于铁锅有上述特点，所以仍不失为一种有发展前途的商品。有关生产经营单位，应当根据市场需要，组织生产和供应。但要注意改进生产工艺，生产精巧、轻薄、造型美观、使用方便的铁锅供应市场。

今日点评：

何必为铁锅操心

中国商报1985年7月份的新闻《铁锅还有发展前途吗》中有一个关于河北省迁西县铁锅销售比例调查，调查中说1983年迁西县销锅总数为31963个，铁锅占81.5%；1984年销锅总数为30880个，铁锅占87.8%。

从销售数据上不难看出，尽管铝锅具有款型新颖、轻便易拿、传热性能良好的优点，但依旧是它的“老前辈”铁锅更受广大人民群众的喜爱。

中国人喜爱使用铁锅是有历史原因的。早在春秋战国时期出现了铁器之后，铁就被人们制作成烹饪工具。迄今为止，铁锅已被中国人使用两千多年了。用武则天的话来说就是，铁锅炒出来的菜“肴味适于口”。女皇都发话了，平民百姓又何乐而不为呢？

当年红极一时的铝锅在经历过了100多年的历史后，被现代人发现铝对人体的伤害相当大，所以很快从厨房淡出了。

其实，人类发现和使用铜比铁早得多。但为什么铜锅没有流传至今呢？最主要的原因是铜比铁贵，而且铜最大的缺点就是被用来做厨具的时候容易产生有毒的锈，也就是人们所说的铜绿。另外，在十分注重膳食营养的今天来说，使用铜锅是会破坏食物中维生素C含量的。

随着时代的变迁，铁锅非但没有被超越，反而越来越被大众认可和喜爱，当年为铁锅的命运操心看来是多余了。双耳锅、平底锅、油锅、煎饼锅无一不是创新带来的成果，当年的呼吁也算变为现实了吧。铁锅长盛不衰，其中最重要的原因，其实是铁锅炖肉最香！

吃出健康 吃出特色 吃出好心情

旧闻摘要：

饮食服务业经营终于"抬头了"

（中国商报 1989 年 12 月 28 日报道）

饮食服务业在经历了几个月门可罗雀的惨淡时光之后，近来又出现了日渐兴旺的势头，不同的是，现在已不是靠高档宴席招揽公费客，而是靠开拓经营聚少成多。

为适应消费市场变化，各地饮食服务企业改变了经营布局、经营档次和经营品种，他们把闲置的雅座改为散座，把部分高级餐厅改为大众化餐厅，供应各种小食品等快餐品种，宴席和菜肴的档次大约降低 1/3 到 1/2。经常为国宾服务的北京全聚德烤鸭店，把接待贵宾的餐厅对国内宾客开放，原来接待散客的餐厅增加快餐。上海一些高级菜馆在蟹宴大大减少的情况下，供应单只螃蟹，让普通消费者尝到优质风味食品。湖南长沙市玉东楼酒家从 8 月份开始，把经营重点转移到适销对路的中低档饭菜上，增加小吃品种和早夜市，利润比去年同期增长158%。

各地饮食服务企业在面向大众的同时，坚服务高标准，质量严要求。在服务程序上，他们严格按照规范进行；在服务作风上，主动带客，尽量满足顾客需求；在服务态度上，热情周到，让顾客有宾至如归的感觉。

在会议减少的情况下，各地旅店业也都根据市场变化和需求，增加中低档客房服务，千方百计拓宽服务领域，开展音乐茶座、舞会等多种经营。

今日点评：

吃出健康 吃出特色 吃出好心情

随着生活水平的提高，人们对吃的要求似乎比穿、住、行更高一些。在大城市快节奏的生活里，生活和工作的压力往往让人喘不过气来，需要犒劳自己的时候，往往第一个想到的就是美美地吃一顿大餐。想出去旅游面临着没有假期或足够的金钱储备；想买件漂亮衣服可能会挑不到称心如意、十全十美的样式；应该不会有人觉得需要买套房来奖励自己一下吧，毕竟现实太残酷——但吃顿美味佳肴就不需要那么多条件了。

无论是川鲁粤淮扬还是闽浙湘本帮，只要拿出手机轻轻一点，你马上就可以知道哪个区域有你想吃的，哪个区域的特色菜最好吃。餐饮业红火不是一两年了，而想要保持并长期保持红火可不是一件容易的事情。创新经营模式，改变固有思维，线上线下共同发展才能够取得口味越来越高的现代人的青睐。

报道中说到以前的公款吃喝在国家出台了政策之后大大减少，导致高档饭馆门可罗雀，走上了大众路线。而在前几年禁止公款吃喝又被重新提了出来，历史发生了重演，怎么就不长记性呢？饭馆在定位做高端的时候不如同时想想如何为普通老百姓提供服务，这样也给自己留条后路。

现在的普通百姓对食物的要求也很高，并不仅限于美味更要健康。因此，一些养生菜馆、素菜馆和私房菜借着营养学盛行之风火了一把。想要把餐饮业做大做强，需要准确把握住时代的脉搏，与时俱进，别再让高端餐饮的悲剧重演了。

1989年1月3日 星期二 第一版

中国商报（原名《中国商业报》）

要闻

中國商報

CCN

中华人民共和国商业部主办 国内外公开发行 每周二四六出版

第576期

CHINA COMMERCIAL NEWS

胡平部长发表新年谈话

稳定今年市场有条件有希望

他向全国广大商业职工及其家属致以亲切问候，勉励大家在治理经济环境、整顿经济秩序中担负起光荣的职责

他告诫人们，对一些重要商品实行专营带有过渡性质，还是要注意培育和完善市场体系

风云变幻一九八八

本报推出去年十大商业新闻

酒类商标混乱 整顿势在必行

国家工商局决心已下

共同创造新的一年

——本报编辑部致读者

抢购后遗症贻祸至今

岂可"一退了之"

为确保今年市场繁荣稳定

河南统盘安排重要商品

万典武呼吁限制出租柜台

一些国营商店靠大量出租柜台，增加本企业收入，既卖了国营招牌，也卖了子孙利益

沈阳市彩电冰箱开始"掉价"

北京花市一片葱茏

全国铝制品企业原料供需紧张的矛盾开始缓解

硝铵复混肥生产工艺及肥效试验通过部级鉴定

沈阳市场鱼粉饲料70%不合格

"亳州药王"刘东海4年主动纳税20余万元

一家之言

1989年，中国商业报改为中国商报，并采用竖排报头，报头由一位初中生题写，一时令人啧啧称奇。

请涨价，但不要降低品质

旧闻摘要：

扎啤价格扎人　好喝情愿挨扎

（中国商报 1992 年 7 月 4 日报道）

一种称为“扎啤”的桶装鲜啤酒正随着暑热而升温，成为今年北京餐饮业的热门饮料。

人们发现，一些餐馆门口在原有广告词上又着重地加上一句：本店有“扎啤”供应。有的顾客一进饭馆酒楼就打听有无“扎啤”，没有就走人。尽管每杯“扎啤”价格至少 6 元，高档饭店达几十元一杯，但饮者有增无减。

作为北京啤酒生产行业中龙头老大的五星啤酒厂，当然不会错过这一市场信号，他们在全市 200 多家中高档饭店餐馆安装了“扎啤”售酒设备，尽管工厂采取 24 小时送货服务，月产近 200 吨，仍然供不应求。与五星啤酒厂联营的中科院五羊商行，采取免费提供设备的形式，不到半年就给 50 家餐馆安装了每台价值 2 万元的“扎啤”售酒机，尽管餐馆时常断档，却毫无怨言，因为“扎啤”为他们带来了一批批新顾客。据了解，北京餐饮业目前已有1000多家装上这种售酒设备。五星、北京、中德、青岛等啤酒厂都在这个颇有潜力的“扎啤”市场展开竞争。

然而，对于啤酒生产企业来说，“扎啤”这一新口味带来的不仅仅是市场。由于“扎啤”容器是特制钢桶，可以无数次回收周转使用，加上一般啤酒保鲜时间短，而“扎啤”则可保鲜达2个月左右，因此，它可能导致整个啤酒生产行业中产品结构的调整。

今日点评

请涨价，但不要降低品质

1992年的的扎啤6元一杯，价格扎人但人们却情愿挨扎，是因为人们冤大头吗？并不是，口感好，人们爱喝，所以即使价格高人们也乐得消费。

而现如今呢？6元一杯的扎啤在市面上依然可以买到，但质量是否可以和20年前同日而语呢？相信很多人心里会飘出两个字：呵呵。很多厂商为了吸引顾客，在物价飞涨、生产成本也上涨的时候，为了保住销售市场不涨价，而是想方设法“降低成本”——绝大多数时候就是偷工减料。但是，顾客不是傻子。还拿啤酒举例，你的啤酒喝在嘴里口味寡淡，毫无清香味可言，甚至与白开水没有两样，那么这样的啤酒就算再便宜也很难有回头客吧。

特别是到了今天，人们宁愿花多点钱去买质量，也不愿意少花钱去买后悔。喝个啤酒还得说：“这酒，价钱是没涨，但味道却大不如前了。”如果产品好，价格高一些也会有人去选择它，今天市场不缺钱，缺的是好产品、好服务。反之，不能够紧跟时尚潮流、提高自身产品素质；不能够花样翻新，寻找独特的经营模式，一味靠偷工减料去提高利润或抵销不断上涨的成本，肯定是会被时代淘汰的。

市场经济很多年了，产品特别好，或者全社会物价都在涨，你的产品卖贵一点、涨一点价大家都能接受，别在缺斤少两、偷工减料上动脑筋。

从梦想到噩梦

旧闻摘要：

大陆私家车达三万七千辆

（中国商报 1993 年 1 月 24 日报道）

中国大陆目前拥有私人轿车约三万七千辆，其中，北京市有八千辆。汽车业内一些人士介绍，大陆一些新富以购买汽车作为新时尚，对汽车的品级要求越来越高，从初期的菲亚特、拉达，已过渡到夏利和进口二手车，其中最昂贵的是价值八十万元的凯迪拉克车。据分析，未来数年间，汽车进入大陆富裕家庭的条件将逐渐成熟。

今日点评：

从梦想到噩梦

到 2014 年，北京市民用汽车保有量达 532 万辆，这对于 1993 年的报道中大陆拥有私人轿车 37000 辆来说无异于一个天文数字。

私家车数量增长的同时，豪华车的结构也发生了不小的变化。以前凯迪拉克和进口二手车是财富的象征，而现在把凯迪拉克划入豪车行列中已经有些勉强。有数据说，仅在2015年7月一个月，奥迪国产车的销售量为26000多辆；宝马国产车的销售量为21000多辆；奔驰国产车的销售量为25000多辆。这三个品牌一个月的销售量就相当于1993年大陆私家车拥有量的两倍，可想而知，人们的财富增加了多少。

为了控制机动车总量，缓解道路交通拥堵，北京等一大批城市已从2011年1月实行了小客车限号制度。现在买一辆车光有钱不行，你还需要有个号！人民生活水平提高了，手里的“票子”多了，由此带来的问题也大了。

以前人的梦想是拥有一辆属于自己的小轿车，而现在呢？梦想是实现了，噩梦却也随之而来。还拿“首堵”举例吧！住在南城的人想要去北城上班，得提前两个小时出门才不会迟到，就算离单位近的也要打出遇到突发路况的时间富裕。

曾经买车的欣喜已被堵车的噩梦所取代，当梦想照进现实，我们是该喜还是该忧？

从跃然纸上到活灵活现

旧闻摘要：

上海防酸牙膏广告

（中国商报 1991 年 12 月 14 日报道）

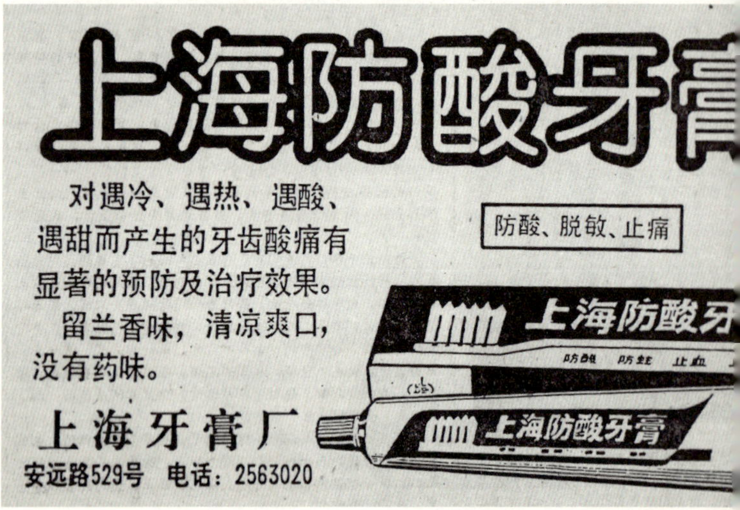

今日点评：

从跃然纸上到活灵活现

中国商报1991年的报纸上出现了一则“上海防酸牙膏”的广告，报纸上登广告就好像下雨天要打伞一样，是一件稀松平常的事情。但这样的广告今天看上去仍旧充满了时代沧桑。

上世纪90年代的广告单一化、陈旧化、平面化，只有简单的图片和对产品单一的描述。现今的广告则是多元化、新颖化、立体化，生动有趣。就说牙膏吧，当年人们注重的是牙膏的防酸、脱敏、止痛等效果，而现今人们还要追求美白、固齿、味道清新等多种功能。牙膏广告的代言人无一例外笑起来都会露出一口洁白的皓齿，是他们所代言的牙膏产品真的能提供如此显著的功效吗？答案当然是否定的，由于科技手段也在日新月异的提高，就算你有一口大黄牙，特效高手们也可以把你修饰的齿若编贝。

仔细观察图中的广告语不难发现，它犯了现如今广告法中的大忌——疗效。现在的广告是不能提及疗效和症状的，这已经是违法行为。同时，那个电话号码都有点“可读性”。

没有区号，而且堂堂大上海的号码，只有七位数。

相比之下，不仅广告的推广方式和如今不可同日而语，广告法也是较之前严格很多呢。另外，经过了这么多年这个上海牙膏厂居然没有倒闭，也算非常罕见了。

磁卡电话潇什么洒

旧闻摘要：

打“磁卡”真潇洒（中国商报 1994 年 5 月 15 日报道）

磁卡式电话机是一种用磁性卡片控制电话电路接续的公用电话终端设备。可打国内、国际长途直拨电话。

要是用磁卡电话，须事先在电信营业所购买磁卡，方能在本市磁卡电话机上使用。使用的方法是：先摘下手机，话机显示器显示出通话标志后，将磁卡插入磁卡入卡口，此时话机上端显示磁卡存储面值，提示您打电话应掌握的时间，听到拨号音后即可拨号。您打市内电话，可直接按您要拨的电话号码。打国内长途电话，请先按国内区号+电话号码。打国际长途电话，请先按国际区号+地区代码+电话号码，拨完号耳机内可听到回铃音，请按下应答按钮。对方拿起手机，双方进行通话，若被叫号占线需重播时，可不必挂机，按下再拨号按钮即可。通话过程中，话机提示告警警灯若闪亮，并有报警信号发出,说明此卡剩余面值仅够使用20秒钟的时间，请您将第二张磁卡再插入。第一张磁卡当作零卡由出卡口退出，否则话机会自动中断通话。通话完毕，显示器又会显示出此次通话的费用和剩余面值，挂上手机。磁卡被穿一个小孔后便会自动从出卡口退出。

今日点评：

磁卡电话潇什么洒

看到中国商报1994年这篇报道的时候，真是十分费力地理解了半天文中所说的“使用的方法是：先摘下手机”中的“手机”是什么意思。对90后而言，手机就是我们现在用的手机。而按照二十年前的情况来看，手机说的是固定电话的听筒。

第二件十分不能理解的事情是，为什么 1994 年的报纸会用这么长一个篇幅，这么大一个版面去详细地介绍一部电话的使用方法？难道人们连电话都不会用吗？还要特意登报纸去教？现在的手机功能复杂且强大，人们甚至连说明书都不用看就可以把它用得轻松自如。实在是难以想象记者朋友们在写稿子的时候，脑子里出现的会不会是人们对照着报纸上的使用方法去打电话呢？

现在人们或者说 90 后对磁卡电话机的记忆是十分朦胧的。不知道你还记不记得，上初中的时候，学校里有一种 201 校园卡电话机，它与磁卡电话机有一个共同的特点就是——话费贵！无论是本地通话还是外地长途，人们打电话的时候最担心的就是警灯闪烁、报警信号发出。用现在的话来说就是，人们打的不是电话，是钱。

而在通讯技术发达的今天，磁卡电话已经基本销声匿迹，在大街上看到它的可能性已经是微乎其微了，取而代之的是网络电话。现如今谁的手机月流量不包个三五百兆？谁谈恋爱的时候晚上不跟男朋友用微信视个频？谁家有亲戚在国外的不用 Face time 表达一下彼此的思念与关心？而通讯费用，是根本不在考虑范围之内的。

打什么电话也说不上潇洒啊。

请美丽但不要低俗

旧闻摘要：

性感喇叭装初夏羊城抢眼

（中国商报 1994 年 5 月 24 日报道）

广州近来天气反常，进入 4 月，已骄阳似火，日平均气温高达摄氏 25 度左右。人们提前进入了夏季，街头到处可见时髦女郎穿着新潮性感的夏装招摇过市。

羊城今夏的女装最明显的特点是较往年更“暴露”。去年的女衬衣多数只在两袖和胸部以上采用镂花或深色薄纱制作，时下有的女上装则全衣镂花，两袖用的无色或白色薄纱，透明度高，透明袖内的冰肌玉臂一览无遗。另外有的紧身针织衣，领口开得既大又低，尽现南国女性魅力。

装饰繁杂，是广州流行夏装的另一显著特点。除了提花、绣花、滚花边、多层领、多层袖、打褶等装饰手段被广泛采用外，不同花色、不同质地的面料驳接也一时泛滥。有的裙子使用菱形、方形的不同图案的面料接成。有的新潮衣装则完全打破整体美、对称美的规则，分三四截接驳不同的面料，令人眼花缭乱。

保守人士对这种违背传统审美观念的衣着潮流嗤之以鼻，而时髦女郎却依然我行我素。

广州男士时下穿着更加随意，男装品种越来越多。今夏广州的男装较流行柳条和格子图案，另外，男人穿花衣已十分普遍。有的男装甚至用电脑绣上了花。纯白男衬衣基本上只出现在一些比较严肃的场合。

今日点评：

请美丽但不要低俗

记不记得电视剧《你是我兄弟》中的一个桥段？画面里邓超穿着肥腿大喇叭裤站在自己家四合院的门槛上边跳边唱：

“不是我不明白，是世界变化快”，看傻了他的几个哥哥。

仔细回想了很久，喇叭裤这种东西好像出现在上世纪 80 年代，后来就被急速更新换代的时尚潮流给冲击没了。现在人们会穿低腰裤、紧身裤、香蕉裤、破洞牛仔裤再到后来的热裤和超短裙，但人群里绝不会出现的就是喇叭裤这个已经被时代淘汰了好几轮的“当年流行款”。文中提到的喇叭裙也被如今的鱼尾裙、百褶裙、太空裙所取代，美丽这个词被时尚潮人们演绎得五彩纷呈。

其实不只是低胸上装，薄、露、透似乎已经成为了一种很普遍的穿衣风格。

热裤短到露出半个臀部；低腰裤低到蹲下时能让路人看到股沟；露脐装和内衣的区别不明显；好不容易穿个长裙开叉还开到大腿根；男人身上也出现了紧腿裤和 V 字领低胸上衣。倘若 1994 年对喇叭装嗤之以鼻的保守人士们看到现如今人们的穿衣风格，会不会气得一命呜呼了？

如果说在海边，穿着三点式的泳衣走来走去没有人会觉得奇怪。但是，在我们正常生活的环境里，穿着不得体是一种有失大雅的行为。穿得少露得多难道就能体现出标新立异、与众不同吗？

热裤的短在一定的界限之内是阳光的，反之超出了这个界限就是低俗的。性感不是靠露肉表现出来的，而是由内而外散发出来的气质。把握好美丽的尺度，要牢记那句广告词——女人，你本来就很美。

地上的硬币捡不捡

旧闻摘要：

今天谁花 1 分钱（中国商报 1995 年 11 月 12 日报道）

“我在马路边，捡到一分钱，把它交给警察叔叔手里边，叔叔拿着钱，对我把头点，我说了声叔叔再见。”十年前，这是一首家喻户晓的儿歌。那时候，商品的标价基本上都具体到分，打电话、存自行车、买冰棍、购电车票，分币大显身手。谚语常说：一分钱难倒英雄汉。算账的时候，人们老爱挂在嘴边的一句话是“一分钱也是钱啊！”

可是，事过境迁，如今，存车打气卖冰棍不用说，就连电车和公用电话这两样最大的公共设施也都毫不犹豫地将分币拒之门外，只认菊花图案的一角，而真正受欢迎的人民币只有一种，就是象征富贵荣华的牡丹图案——一元硬币。

随着经济的发展，人们收入的增加，作为人民币辅币——一分币的价值正逐渐减小，并有逐渐退出流通领域的趋向，分币的价值减小，人们对它的重视也相应降低。

马路上掉下的一分钱没有人捡，是不是说一分钱就真的没有价值了呢？如果真是这样，国家银行就应该停止发行这种辅币了，但我们的银行还是每年在发行各种分币的辅币。

今日点评：

地上的硬币捡不捡

物价上涨，货币贬值，一分钱被淘汰是必然之势。且不说一分钱，就算是见到一毛钱躺在地上，你会为了它停下你匆匆赶路的脚步，弯腰去捡吗？

90后们上小学的时候，放学还可以花个三五毛钱买零食吃，记得那时候有一种叫做“流口水”的软糖，市场价一毛钱一根，一块钱可以买一大把发给同学们吃，然后你就可以变成同学们眼中的“小土豪”。而现在呢，哪个小学门口会有小学生用毛票买零食？现在小学生的标配几乎都是人手一个 Iphone，人家的零花钱也比你上学的时候翻了 10 倍有余。

原来，一分钱硬币早就被人们所“嫌弃”。在1995年的时候，一分钱就已经没人捡了，到现在足足 20 年，请问那时候的煎饼是 6 块钱一个吗？那时候的手机是 6000 块钱一部吗？那时候的房价是 60000 块钱一平米吗？

那时候人们一个月的工资才几十块钱，上百的都很少，除非你是下海经商的。然而现在呢，一个月挣多少钱的都有。倘若你一个月就能挣个几万块，见到一毛钱，扔在地上一块钱，你会捡吗？

捡也好不捡也罢，纯粹属于个人行为。你不能用自己的价值观强迫别人去捡或者不去捡。只要是货币，就有它存在的意义，同样，如果你认为捡起面值那么小的钱会耽误你的时间你也可以选择视而不见，并没有一个标准来判断孰是孰非，谁对谁错。

酒店，你走反了路

旧闻摘要：

城里小姐进村来（中国商报1994年1月12日报道）

山东省枣庄市万力大酒店放下“贵族”架子，在店内设“乡巴佬”会馆、饭堂和客房，让农民少花钱也能品尝星级饭店的美味菜肴。图为近日该酒店服务小姐分批下乡进山开展公关活动。

今日点评：

酒店，你走反了路

20年前，这个万里大酒店能放下架子做农民朋友的生意，实属难能可贵。但是，把星级酒店布置成“乡巴佬”会馆，意义在哪里呢？一般农民因为没有那么大的经济实力，所以从不曾踏入星级酒店，他们是想感受一下星级酒店的豪华的。但是把酒店设置成“乡巴佬”会馆，让农民一进去就感觉和自己本来的生活环境没什么区别，把农民大老远地接进城里，干什么呢？

酒店改革创新没什么错，但错误的营销手段有时候会带来反作用的。北京近些年来火的都是一些特色菜馆，比如说人民公社大食堂、粗粮人家、布力布力等充满民族特色的馆子。而它们都是吸引城里人的，让城里人不用跑很远就能感受到浓浓的乡村气息，这才对啊。相反，如果特色的东北菜馆让你一进门就“上炕”，屋内装饰的也是红红绿绿充满东北的家乡气息，却偏偏跑到东北农村去拉生意，那不完全走反了吗？

其实，酒店如果真想服务农民，与其找服务小姐下乡开展公关活动，不如举办个“名厨下乡”的活动，组织厨师们到农民身边去，让农民真正体验一把城里酒店的美食。或者在县城、乡镇开一些小的分店，价格可以比总店低廉一些，菜色可以不那么精致，但是味道不能走样，相信农民一定感兴趣。或者开个电视小品中那样的“苏格兰调情”饭馆，让农民不出过门就能体验到异域风情也不错。

弹指一挥间 一个20年

旧闻摘要：

大哥大的最高境界

（中国商报1995年4月2日报道）

个人通讯的理想境界是什么呢？中国交通通信中心卫星处的王家麟处长向记者描述道：在未来，每个人都有一个专属于自己的手机号码，不管你在地球的哪一点，都能通过卫星对你进行呼叫。

每人拥有一部可以拨通世界各地的“大哥大”，这种完善的个人通讯系统在我们现在看来似乎还是一个可望而不可及的梦，然而这种梦想并不遥远，随着覆盖全球的卫星通讯网络的建成，“大哥大”全球漫游计划将最后实现，个人通讯自此有了最完美的基础。

据了解，“大哥大”全球联网系统将在1999年开始服务，2000年进入全面运作。那时候，人们可以随时开启手机，利用头上任意两颗卫星进行通讯。这一计划大功告成之时，各国的商务活动及新闻事业的办事效率会大幅度提高，并使相关工业发展壮大。

“大哥大”全球联网，费用会不会很高呢？中国交通通信中心王家麟处长介绍说：联网后的“大哥大”费用并不高，因此项工程最初的设计是以低廉的价格和可靠的服务尽可能开发更广阔的市场。那时手机的零售价也就在1000美元左右，与现在的市价相仿，服务费为每分钟2美元。相信到2000年，我国许多普通的个人用户也承担得起。

今日点评：

弹指一挥间 一个 20 年

大哥大作为一个听说过没见过的稀有“物种”，还是让很多 90 后感到十分好奇的。它还有另外一个名字——砖头手机。机如其名，丑且重。但在上世纪 90 年代，它可是身份的象征、财富的象征、尊贵的象征！它代表了富贵的筹码和权杖，夸张点说，岂是吾等没身份、没地位的平民百姓可以企及的。当然了，“大哥大”放到现在看，已经变成收藏品了。

当年的全球漫游计划现已完全实现并超额完成任务。现在，就价格来说，国产手机经济实惠，系统容易让人崩溃；苹果系统好用昂贵，但是易碎。普通国产手机现在只需一两千元人民币左右，但寿命短，主要问题还是系统不够成熟；而苹果手机刚好达到了报道中所说的 1000 美元左右，这也是导致“果粉”们每年 9 月出苹果新产品的时候都迫切需要“卖肾”的重要因素。

但手机也导致了现代人身上一个普遍的毛病——手机病。学生上课的时候在课桌下偷偷发短信；上班的时候背着老板偷偷玩游戏；回家的路上刷微博、看朋友圈或者看电影电视剧；过年的时候一家人团圆在一起，一人捧着一台电子设备低着头谁都不跟谁说话。如果真有话要说，不张嘴，一个微信过去了事，这是怎么样的人际关系啊。人与人之间最基本的交流被冷冰冰的机器取代，实在不敢想象以后的日子，科技越来越发达，而亲人、朋友之间的关系会不会越来越冷淡呢？

菠萝？不至于吧

旧闻摘要：

菠萝？不至于吧（中国商报1995年4月23日报道）

北京人真正认识鲜菠萝好吃，只不过是近几年的事。过去想吃菠萝，多以菠萝罐头为主，由于罐头含糖量大，储存时间长，失去了菠萝的原汁原味的口感，因此人们总有一种吃了第一次，不尝第二次的想法。但是很多人却不曾想到，鲜菠萝与菠萝罐头的风味截然不同，鲜菠萝以它独特的香气浓郁，质地甜脆，博得了京城众多消费者的欢迎，吃菠萝已成为更多的朋友特别是年轻朋友，茶余饭后不可缺少的一种享受。

真正让首都消费者认识鲜菠萝好吃，给消费者带来食果福气的，应当说是果品公司四道口批发市场的全体员工。过去，首都市场也曾接连不断地有菠萝供应，但品种多为菜菠萝。自去年春季，四道口批发市场为了让首都消费者真正认识菠萝的食用价值，一方面从海南调进上等的菠萝，另一方面做好售后服务，手把手地教购买者如何削皮，如何食用，这样一来，菠萝的食用价值以及它独特的风味才逐渐被人们所认识，随后便赢得众多消费者的青睐，使消费者大饱口福。

今日点评：

菠萝？不至于吧

吃菠萝都能成为京城的一景，削菠萝还要食品公司手把手地教，这简直不可想象。现在，新鲜甚至新奇的水果层出不穷。你要是怕市场上买到的菠萝不够甜就可以到进口超市买 40 元一个的金菠萝；嫌弃传统火龙果食之无味可以买价格贵它一倍的红心火龙果；葡萄可以根据自己喜好选择玫瑰香、马奶、巨峰或摩尔多瓦。

记得小时候，大概三四岁吧，那时候京城出现了一种水果叫做“红毛丹”。味道和荔枝差不多，长相就像名字一样，外面被长长的红毛和硬壳包裹着。价格大概是一斤70元左右，在物质生活并不像今天这么丰富的90年代，花70元买一斤水果吃绝对算得上是一件奢侈的事情。

“一骑红尘妃子笑，无人知是荔枝来”的年代，玄宗为了博得杨贵妃一笑而着人从南方快马加鞭把荔枝送到长安。现在呢？你可以从市场里买水果也可以从网上买水果，从下订单到水果送达你手里不会超过一个星期。如果杨贵妃到现在这个时代来生活，那就算玄宗给她买个红毛丹她都不会笑了吧？

物流业发达了，而人们似乎并没有曾经那么快乐了。以前过年才能吃到的美食、穿到的新衣服，现在去商场或网上转一圈就什么都有了。只有经历过漫长的等待和坚持不懈的努力，你才会在收获的那一天觉得果实异常的甜美。

下一个7年会如何

旧闻摘要：

1500元最低工资，企业能不能接受？

（中国商报2008年3月5日报道）

全国人大代表、三一重工总裁向文波日前表示：“目前省会级城市最低工资标准应该是1500元左右。”他指出，现在的最低工资标准“只能解决基本的生存问题，根本谈不上分享经济发展的成果”。向文波还以一个企业管理者的身份，用详实的数据，证明大部分企业是完全有能力承受这种最低工资标准的。

社会要和谐发展，从制度设计上就要给每个人以希望，并给底层创造谋生的机会。而且，所得与付出应该相当，支出与收入应该相当。但我们的制度设计恰恰缺少这方面的公平与公正。同样的劳动付出，由于身份不同，或企业的需要，别人的工资是1500元，你的工资可能就是最低工资。一个县城510元工资也无法维持生活，北京的730元，广州的860元，怎么样生活啊？最低工资标准看似是对劳动者的保障，实际上是给体制外的劳动者设计了一个不公平的套子。

从宏观经济学的层面看，民营企业家履行“先富带后富”的历史承诺，也是有利于他们自身发展的。因为内需不振，一直是中国企业成长壮大的一个主要瓶颈，而只有提高劳动者的收入水平，改善他们的社会保障，缩小贫富差距，才能消除这个瓶颈于无形。此外，根据有关部门的预测，中国的“人口红利”即将在若干年后被吃尽，廉价劳动力无限供给的时代即将结束，中国企业如果要想在未来激烈的国际竞争中生存和发展，就非走产业升级和强化人力资本积累这条路不可。

今日点评：

下一个 7 年会如何

从 2008 年的北京市最低工资标准 730 元 / 月到 2015 年的北京市最低工资标准为 1720 元 / 月，7 年时间，增长幅度不知是否超出了向文波先生的预期。

经济发展得越来越快，企业的盈利能力也在不断上升着。

老板为了留住高能人才，加薪是一个必不可少的手段。我国人口基数大，以前，廉价劳动力异常多，但随着经济的逐步发展，农民工对工资的标准也越来越高，而且城乡差异的缩小，使农村劳动力更多地选择了留在家乡打工。没有价格优势，谁会愿意背井离乡在一个陌生的地方生活呢？

仅仅一个七年，最低工资水平就翻了一番多，不知道下一个七年，社会会给我们什么样的惊喜。

虽然工资涨了，但是物价也没闲着。就拿最敏感的房价来说，多年前，北京二环里一平方米大概 8000 元已经算是高的了，现在呢一平方米 8 万元是正常价，价格涨了 10 倍之多！虽然房价可能不会再有如此大的涨幅了，但要想让老百姓踏踏实实地买上心仪的房子，还得需要多少个涨工资的七年才能够做到呢？

烟云，

回首向来萧瑟处，也无风雨也无晴。

还记得山口百惠吗

旧闻摘要：

向您推荐几种秋冬季发型

（中国商报 1985 年 11 月 5 日报道）

今年秋冬季发型发展的总趋势是从呆板、单调的固定性，向活泼丰富的波动型过渡。丰富多彩的秋冬季时装配上适宜的发型，将会给您的生活增添美的享受。为此，在走访了北京西城、宣武、崇文等区的美发单位后，我们向您推荐几种适合秋冬季男、女发型。

鸟羽式，将发冷烫后剪短，梳理成有层次的半花，不分头缝，发丝自然后卷，整个头型是层层衔接的禽鸟羽毛样。此种发型梳洗方便，可使中青年男子更显得自然潇洒、富有朝气。此外，还有长发翻翘式、风凉盘花式、环绕长扣式……

今日点评：

还记得山口百惠吗？

发型，一直都是时尚的晴雨表，每个年代都有各自的发型标配。在上个世纪70年代随着日剧《血疑》的播出，让山口百惠和三浦友和的发型相继成为风靡一时的流行范本。山口百惠那种落落大方的发型，更具中式风格，让越来越多的女性把长发剪短。而男性则更多地模仿三浦友和，男女在头发上区分的特性随之减少，不过这倒也十分符合那个年代女性与男性在思想上平等的观念。

中国女性发型变化从建国之初流行的系着红绳或者彩带的麻花辫，经过了齐耳短发的“刘胡兰头”、“哈日”的“山口百惠头”、追随西方时尚的“爆炸头”和既运动又女孩气的“歪马尾”，到如今兼容并蓄、变化多样、与世界时尚同步的各种发型。“理发师”也已晋升为“发型设计师”，“美发厅”

三个字已成为历史，取而代之的是各种潮流个性的名字，像“新发线”、“至尚”等等。发型设计更是层出不穷，谁都可以在发廊或者形象设计店找到和自己的头型、年纪、职业等相匹配的发型。

从墨守成规到叛逆倔强，从固定呆板到灵活多变，中国发型变化的种种无不透露着我们生活质量、审美观念的变化。华灯初起，正是酒足饭饱之时，不如约上好友俩仨，去换个发型，换个心情吧。

倒叙的时光

旧闻摘要：

国产彩卷将与进口卷争天下

（中国商报 1989 年 6 月 15 日报道）

据统计，去年全国彩色胶卷消费量为 4000 万卷，其中柯达、富士等进口彩卷 3000 万个，国产品为 1000 万个。从数量上看，国产彩卷还处于劣势，仅占四分之一。去年底，从美国柯达公司引进的厦门彩色感光材料生产线建成投产，今年国产彩卷年产量猛增至3800万卷，约占全国需求量的90%。

从质量上看，福达彩卷，产品标准、质量控制均按柯达公司标准及方法，经技术鉴定，其质量已达国际一流水平。此外，乐凯、申光国产彩卷，近年来质量也不断提高，渐为消费者认可。无论从数量、质量上看，国产彩卷都能满足国内市场需要，且价格相对较低。

今日点评：

倒叙的时光

能弱弱地问一句："乐凯、申光是什么？抱歉，我只知道美图秀秀。"话说现在出门，谁不带个数码相机？或者，有手机就够了。

彩色胶卷，对人们来说早已成为留存在记忆中的历史。10年前或许还可以见到黄色小纸盒包装的柯达、红色包装的乐凯等各种胶卷，如今这一切都消失得无影无踪。听前辈们讲自己的拍照经历，那股认真劲儿真把我逗乐了，因为当时胶卷比较贵，所以，拍照的时候特别小心翼翼，首先角度必须要找好，pose必须要摆好，只要到标志性建筑跟前必须要合影留念，争取每张底片都充分利用，所以那个时候拍照技术也相当赞。

而今呢，手机、相机、电脑都能拿来照相，照相的速度及其存贮的速度极快，高度清晰，并且可以随意拍，不好的照片就Delete，而且你拍上千张都没问题，只要内存充足，成本几乎是零，并且照片上还可以加上一些风景或者另外的人物来美化。那么，问题来了，你还认识照片里的自己吗？

现在，我们还是会想起那些胶卷承载的年代，几代人的记忆，或者是照相馆里彩色布景前的全家福，或者是小学、中学、大学毕业照中渐渐成熟的脸，那些胶卷见证的瞬间，由时光留下的慢镜头，叫人难忘。

如果不小心遇到了旧时光，再荡一遍秋千好不好？

知道这些牌子的电视吗

旧闻摘要：

十种劣质彩电亮刃（中国商报1990年4月24日报道）

不久前经国家有关部门对全国彩电进行检查，国家经委公布了20种劣质彩电名单：石家庄市生产的35厘米“环宇”牌、湖南生产的41厘米“韶峰”牌、海口产的“海乐”牌、云南产的46厘米“夏普”牌、佛山产的“根德”牌、吉林产的“飞鹿”牌、宜昌和南宁产的“佳丽”牌、华发公司产的“佳丽”牌、广东潮州产的51厘米“华芝”牌。

今日点评：

知道这些牌子的电视吗

果然，劣质的品牌终究不会长久，“华芝”、“海乐”、“环宇”等这些牌子还真没听说过，关键竟然还有夏普，这个模仿得也太明显了，好歹您起个“普夏”啊，对不对？

不过这彩电恐怕真的劣质到人们难以接受的程度，因为那时如果仅仅是名称或外观的“模仿”是完全可以理解的，所以，没准儿这彩色电视变成黑白的了，或者拍碎了都不出影儿，所以才“榜上有名”。其实不难发现，有一大批的山寨企业之所以能很快发展起来，和他们有市场、有消费者密不可分。比如一个名牌打火机，那手感、那材质、那风度，我们都叫好，问题是价格也受不了。知识产权？普通老百姓谁去管这些，我买个山寨货总可以吧，产品质量或许差一些，一样能打火，也不影响生活，能花三块钱何必花三百呢。吃不上栗子面的窝头还不能吃个栗子嘛。

不过，“一招鲜，吃遍天”，这是市场竞争中的不二法门。今天来看，企业也更注重自己的产权和品牌。但凡假冒伪劣有 90% 以上的可能性消亡，仅存的 10% 估计也只是苟活，说不准什么时候就咽气了。

虽然过去和现在看待“模仿”的标准不可同日而语，但企业如果没有“真功夫”，终究长远不了。不能只是形貌上像，还是要老老实实地学真本领，否则到最后也是声名狼藉，人财两空。

“生杀予夺”必慎之

旧闻摘要：

三名重大受贿犯伏法（中国商报1993年10月31日报道）

10月29日，建国以来已经审判的最大受贿犯洪永林在广东惠州被处以死刑。与此同时，另两名重大受贿犯徐中和和陈炳根也分别在河南平顶山和深圳结束了罪恶的生命。最高人民法院刘家琛副院长说，受贿已不单纯是一个经济问题，而是国家内部深层次腐败的突出表现。原任河南汝州市人民政府市长的徐中和贪污受贿共计48万多元，原惠州市公安局局长洪永林除收贿赂港币91万多元、人民币34万元外，尚有144万多元港币、69万多元人民币的财产不能说明合法来源。原广东深圳市房产管理局局长陈炳根贪污受贿23万多元，另有住房一套因未竣工，未能得手。

今日点评：

“生杀予夺”必慎之

看到这个“新闻”的时候，挺震惊的，如果把我们现在随便一个贪官贪污数额放在过去，那死刑哪儿够，肯定得枪毙十八次呀。

1993年10月29日，洪永林，建国以来已经审判的最大受贿犯在广东惠州被处以死刑，这还是最大的，贪污金额48万多元，被处以死刑。不解的同时，转念，是不是也说明我们现在的社会更宽容了呢？对生命权是不是也更尊重了呢？

生命权是最基本、最重要的人权，如果无法充分保障人的生命权，那么其他一切权利都是空中楼阁。近年来，尊重和保障人权逐步成为我国民主法治建设过程中所秉持的一个重要理念。2012年，我国首次发表《中国的司法改革》白皮书，指出死刑直接关系到公民生命权的剥夺，适用死刑必须慎之又慎。

当然，尊重不等于放纵，社会有法律红线，也有道德底线，当危害社会的行为超越道德底线的时候，法制就应该作为强制性手段来进行约束。现代社会在追求公平正义的道路上一直在不懈地探索，法律也会随着时间改变其内容。顺时而变，或许才能确保法制始终走在正确的轨道上。

看，“时光”里的美

旧闻摘要：

俺也潇洒走一回（中国商报 1994 年 1 月 20 日报道）

昔日头顶“特困帽”的湖南省邵阳县白马乡，如今农民也趋向美的追求，老汉李来到市场选购一套现代挂历说：“爱美之心人皆有，今不潇洒待何时！”

今日点评：

看，“时光”里的美

看到这个图片的时候，特别想吐槽下，请问，这个挂历上的美人，美吗？

说到挂历，当然我们并不陌生，人们的思想观念、生活方式和审美趣味的变化都在挂历里边呈现过。上世纪 80 年代至 90 年代中期是挂历的鼎盛时期，但是真正让挂历市场升温的是那些美女们。这就要说到上世纪 80 年代初出版的一本叫

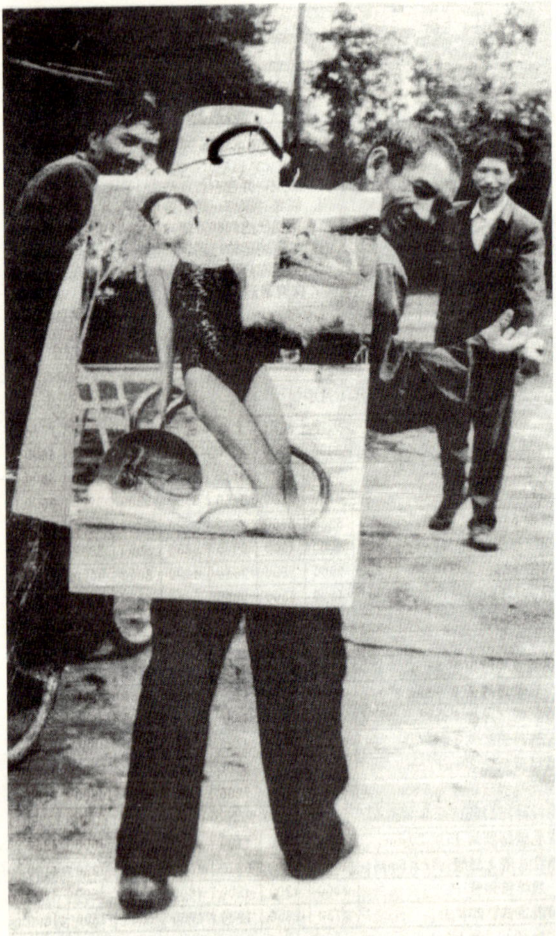

《影中人》的挂历，这本挂历汇集了刘晓庆、陈冲等人，由于这种挂历带有“吃螃蟹”的味道，在未出版前就争议四起，颇费周折后才特批出版。上市后当然引起轩然大波，一边是卖到脱销，一边反对的声音震耳欲聋，但这似乎也并不影响美女题材此后的大红大紫。

后来到90年代初，挂历中猛地出现了一两张泳装照，哇！这当然已经是极限。但是不难看出，人们的思想观念越来越开放、大胆，人体艺术也越来越让人接受。渐渐地，出版物中大量出现摄影人体画册，而在此之前人体艺术画册多为绘画和雕塑，人体摄影是极少见到的，即便有也多是从外国画册中翻拍。在与传统文化心理相冲突的背景下，这么一个思想突破的过程，可谓是层层“闯关”，实在不易。

现如今，无论是社会的宽容度，还是艺术多元化的表现都与过去不可同日而语，当然，“美女们”也是无处不在。

当时只道是寻常

旧闻摘要：

天津录像机市场人为“炒动”

（中国商报 1994 年 5 月 19 日报道）

我国录像机企业年生产能力已达 300 多万台，同时每年日本、韩国等国家及港澳地区也有数百万台录像机涌入国内市场，然而国内市场年需求量不超过 300 多万台，从而造成了供大于求的局面。为了争夺这有限的市场需求，生产厂家一方面不断开发新产品，另一方面集中大量资金，运用广告学中“靶子”效应原理，运用先进的拍摄手段，创作出具有视听新感觉的广告片，促进了该产品的销售，提高了产品在市场上的占有率，同时人为地决定了市场的价格。许多消费者都知道一台录像机磁头的多少，在一定程度上决定其产品的性能，但由于上述原因，松下 SD50 只有四个磁头，但其售价在天津市价格与东芝六个磁头 V788 价格基本相同，从而造成录像机价格人为的“炒动”。

今日点评：

当时只道是寻常

录像机有什么用？电视剧还需要录下来看吗？新闻联播也要录下来？不得不说，前辈们您可真会玩儿。

录像机这玩意已经相当古老了，相信不少人都觉得这已经是淘汰货了吧？毕竟现在已经是BD播放机及流媒体所主导的时代，这种老旧的电子产品在国内基本上是销声匿迹。它之所以受前辈们的万千宠爱，主要在于它可以按指定时间开始和停止录像，比如某个电视剧特别吸引人，而它只在上班时间播出，那怎么办，这时录像机来了，你只要按下开始键，就可以放心上班了，下班回来后就可以享受视觉大餐，好奇心得到极大的满足。周末无聊时，还可以跑到音像店里，去租几盘录像带，那感觉想必比我们看“跑男”、“快本”、“爸爸去哪儿”还让人满足。

如今，电子产品进入了一个高度集成、整合的时代。随便一个电子产品貌似都带着录像功能，就是没人用它来录电视节目。你说它有多么伟大的意义，好像也谈不上，或许就是那种闲暇时对“把玩”趣味的享受，最让人怀念。

阿尔卑斯山谷中，在一条风景极佳的大路上，有一条标语说得极好，“慢慢走，欣赏啊”。是啊，身边的风景，有时根本录不下来。

猪的退步及其启示

旧闻摘要：

喜看川猪满天下（中国商报1995年2月1日报道）

据有关资料，四川农民养猪收入已占家庭经营和出售产品收入的40%至50%，有的还要多。1994年四川养猪产值突破300亿，占农业总产值的26%，占畜牧业产值的70%。所以有人说：四川如果没有兴旺发达的养猪业，就没有千百万农民的温饱和小康。

四川生猪稳定与否，牵动中央领导同志的心，反复告诫四川的同志要重视粮食和生猪生产，指出：“只要粮食、猪肉不出问题，我看就可以保天下，这是社会稳定的基础。”1994年，江泽民、李鹏、朱镕基等中央领导同志先后到四川视察，都十分关心和重视四川生猪生产和流通。江总书记指出：四川是养猪大省，生猪调出量占全国三分之一以上，大灾之后饲料、资金上有些困难。他说“我要大声疾呼，养猪上要支持四川”。李鹏总理指示四川抓好生猪生产，并强调“现在就要注意深加工问题”。朱副总理指出，川猪对安排好全国市场有重要影响，一定要稳定生猪生产，重视流通，他说：“只要四川调不出肉，我心里就发慌。”要求四川继续对全国做出贡献。历届商业部领导都把做好生猪这篇大文章列为工作重点，而对四川的生猪生产和调拨又都给以特殊关注。国内贸易部陈邦柱部长上任不久就到四川视察，称赞四川生猪生产发展快，对全国贡献大，对四川的同志说：“今后内贸部要更多地支持四川发展生猪生产，解决生猪流通中的问题。”每当四川生猪生产和流通出现不利影响时，中央总是给予实质性支持。1995年18万吨专储玉米入川，增量安排猪肉调拨和储备等，对抑制饲料价格，缓解商业压库、农民卖难、稳定生产、保护农民养猪积极性都起到了决定性作用。四川基层的同志说："中央的支持，像一阵'及时雨，润到身上，暖到心上'。"

今日点评：

猪的退步及其启示

川猪？听说过川军，第一次听说川猪。猪满天下？好像猪飞起来了。对，现在投资界的口头禅是：只要站在风口，猪也能飞上天。

只是眼前这篇新闻说的不是川军也不是投资，是四川生猪生产对全国极其重要，重要到直接关系到国家稳定，"出栏量占全国出栏量的 20% 以上，外调量占全国省际调拨量的三分之一"，所以，20 年前各级领导关怀关心关爱着，四川人对此自信自豪自喜着。

粮食重要这个都懂，猪也那么重要吗？现在的新闻时常会提一提猪肉价格、猪周期什么的，但是涨涨跌跌人们习以为常。而且，大家关注它是因为它在物价指数当中有一席之地，或者说，人们似乎更关心的是总体物价水平为什么涨为什么跌。

当然，养猪的农民或者企业另当别论。

就是在猪肉价格的高点，超市里很好的猪肉十几块钱一斤，挺大一块，似乎没有人因为价格对它望而却步。毕竟，不管高收入还是低收入，都少不了炖肉吧？

猪的重要性也许仍然不可小觑，但无论如何，多养一点少养一点已经和国家稳定的关系没有那么直接了，川猪在猪界的地位也没有那么显赫了。

喜看川猪满天下，头版头条的标题，怎么看都觉得那些猪雄赳赳气昂昂的，有点搞。可以改成“四川，为了猪蛮拼的”，是不是更好？

十年涨十倍，不算多

旧闻摘要：

中国瓷器最高价值多少（中国商报 1995 年 5 月 8 日报道）

香港苏富比于 4 月 27 日举行的中国瓷器专场拍卖中，一只明朝成化鸡缸杯在经过一番激烈竞投后，最终以 2917 万多元港币被伦敦古董商 Eskenazi 竞得。由此创造了中国瓷器在世界拍卖史上的最高成交记录。

鸡缸杯为明朝成化年间（1465 年至 1487 年）制造的精品。成化皇帝书写的正方形底款尤属罕见。这只直径只有 8.2 厘米的御用斗彩鸡缸杯颜色鲜明，并有公鸡、母鸡、小鸡、红牡丹及黄水仙的图案。

成化年间制造的瓷器是明朝瓷器中最稀有并极具收藏价值的珍品，一度均属清宫故藏，现存世不足 600 件。成化鸡缸杯又是明朝瓷器中的极品，也是御用瓷器中最受买家追捧的。香港苏富比自 1980 年及 1981 年仇炎之珍藏拍卖成化鸡缸杯后，此类珍品即绝迹市场，可见其罕见程度。

今日点评：

十年涨十倍，不算多

2014 年鸡缸杯拍卖以“天价”2.8 亿元被拍走，可谓轰动一时。不过鸡缸杯的“轰动”不止这一次，早在 1995 年香港苏富比这件鸡缸杯就拍得 2917 万多元港币，当时就创造了中国瓷器在世界拍卖史上的最高成交记录。传说那个时候也是让人“啧啧啧”的，觉得不可思议。

短短十年时间，这升值空间的确让人吃惊。不过，想到如今社会经济的繁荣程度，便不觉得惊奇了。鸡缸杯，作为经典文化的代表，它浓缩着历史、文化和技艺等经典的价值。经济发展程度越高，它的价值就会越高涨。所以天价拍卖一点也不稀奇，谁让它处在盛世，又是最经典文化的代表呢。

21 世纪初期，随着中国经济起飞，中国买家开始走向世界。未来，中国最经典的文化出现“天价”只会越来越多。曾经中国瓷器卖不过韩国瓷器，因为经济发展推动文化发展的潮流无法阻挡。告诉你，这种情况不会再有了。

其实也不难发现，拍卖场中从来都没有最高价，而只有最经典。随着中国经济的飞速发展，没准儿十年后鸡缸杯再拿出来拍，还能拍个 30 亿元呢。

怎样的“体验”才够味儿呢

旧闻摘要：

逛店成为时尚（中国商报 1996 年 1 月 3 日报道）

要说逛商店，其实也不是什么新鲜事。逛商场这一现象能产生，它应具备两方面条件，一是人们想逛商场，二是商场有的可逛。以旧式的东安市场为例，它之所以值得逛，因为它有吸引人的几大特色。首先是百货杂陈，食品精致，既可选购，又可观赏，这有“万宝全”之称。接着是佳肴美馔，以飨口福。这有各种风味的饭庄，大宴小酌，悉听尊便。最后既可在此选购书籍文玩，又能欣赏戏曲杂技，可以丰富精神生活。这儿仅古玩文物店就多达百家以上，这儿的戏院和杂技场、茶馆、落子馆也大大吸引着不同兴趣的游人。东安市场可逛的其实远不止这些，但是这三大特色就足以使顾客百逛不厌、流连忘返了。

细想起来，我们今天的一些大型商场恐怕在逛的方面，远远不及旧时的市场。前不久一些大商场开设卖书的专柜，报刊电视还大加报道，像是出了多大的新鲜事儿，其实东安市场早就有此项目了。

今日点评：

怎样的“体验”才够味儿呢

“体验式”消费不是近年来才兴起的新潮流吗？怎么看这过去东安市场里各种各样的“体验”就已经很丰富、很有趣了呢？

快看，这边儿有戏剧班子在唱“国粹”，那边儿又有高超杂技亮眼。想吃饭？家常便饭有之，佳肴美馔有之，高中低档样样齐全。生活之美、文化趣味等都一一呈现，鲜活生动，雅俗共赏，各类人群各得其乐。看来，和购物相比，古往今来对购物气氛的追求都是一个样儿。

而今，如果不是特别需要，谁还愿意去商场逛啊。本来90后的文化圈，就属于一种“宅文化”，能在家把事儿给办了就坚决不出门。现在约朋友出来玩儿，更不会讲究去哪儿逛，因为大多数购物中心基本设施都一样，再小的购物中心也都有休闲、餐饮、娱乐等这些基本设施。“千店一面”如何引来客流?

如果时间能倒流，真想回到那个年代，去好好体验一下那些昔日的“范儿”。看完戏曲杂艺，再在茶馆品个茶，听听那些嘈嘈杂杂的叫卖声，或者，哪怕只是欣赏下“打包”艺术。对了，手里是不是还要来一串冰糖葫芦串儿呢?!

中国大妈的江湖

旧闻摘要:

我国黄金产量不再保密

(中国商报1996年1月4日报道)

记者从冶金部黄金管理局获悉，截至去年12月31日，我国黄金工业首次突破百吨大关。

年产金过百吨，可能会让人多少感到些吃惊，但黄金产量首次公布于众则是人们意想不到的。

郑州50根金条两天脱销

（中国商报2000年1月11日报道）

继北京、上海等大城市后，郑州的金条也卖“疯”了！金博大商场在两天的时间内卖出了价值40万元的金条，那里的金条已被抢购一空，金饰品也随之热卖。出乎意料的是，在短短的两天时间里，50根金条被消费者全部“吃进”。

中国投资黄金人数超一百万

（中国商报2008年1月8日报道）

“2007年，中国黄金市场爆发出了惊人的能量”——语出日前结束的2007中国黄金与贵金属峰会。会议主办方中国黄金协会统计数据显示，目前中国投资黄金的人数已经超过100万。

国内首款黄金期权上市

（中国商报2008年7月2日报道）

大多数投资者还没有熟悉期货，期权已经闯进了中国市场，不过规模控制在一个很小的范围内。中国银行日前已经在国内率先推出国内第一款高级衍生投资品——黄金期权。

今日点评：

中国大妈的江湖

黄金产量原来一直是保密的？我读书少，你可别骗我。你看现在黄金市场的现状，怎么也想不到它以前竟是保密的。

上世纪 90 年代，我国实现年产金百吨以上，成为世界上第六产金大国，真的很了不起。你看，新闻里也提到，“截至去年（1995年）12月31日，我国黄金工业首次突破百吨大关。”重要的事情说三遍，首次，首次，首次啊。现在呢，我国每年黄金产量少说也有 400 吨，可是金价呢，好像一直都在 230 元 / 克左右波动，但是现在 10 块钱能和过去 10 块钱比吗？可想而知，这黄金得有多大程度上的贬值。

说到黄金，还不得不提一个关键群体——中国大妈。“抢黄金”名震全球，这“中国大妈”虽无意置身于江湖，但江湖处处有她们的传说。传说发生在 2013 年，中国大妈买金狂热轰动世界，推动中国黄金消费需求增长 32% 至 1065.8 吨，包括珠宝、金条、金币和其他黄金制品，创历史新高。中国也成为世界上最重要的实物黄金市场。

其实关于大妈买黄金的动机着实很让人费解，你说拿它做配饰吧，并不怎么好看，你说拿来保值吧，几十年来它都做不到，何必呢。不过，在这个青年人忙学业，中年人忙养家，老年人忙看病的社会环境中，不得不说，有点钱又有点闲的“中国大妈”无疑是最幸福的一个群体。大妈保重，好好玩儿！

未普及开的“时尚”

旧闻摘要：

你换“背投”了没有（中国商报 2002 年 1 月 15 日报道）

近一年来，背投彩电在我国正日益成为一种新的消费时尚。调查显示，我国已成为继美国之后第二个背投彩电消费市场，1998 年我国背投电视销量为 4796 台，到 2000 年就达到 20 万台。近日从彩电市场分析中了解到，未来彩电消费的几大需求是：屏幕要大，更平，图像更清晰，音效更震撼，功能更多，兼容性更强。因此大屏幕彩电配上 DVD 及高品质音响，犹如将电影院搬回家，同时也是消费者所追求的效果。据有关专家分析，我国家电产品在 20 世纪 80 年代末或 90 年代初期经历了一次销售高峰。经过 10 年左右时间的使用，这些家电已经接近或超过了设计寿命，预计我国家电产品正在步入更新换代高峰期。而背投彩电恰在这时成为我们的最新选择。此时，众彩电厂商也纷纷以其特性产品吸引着消费者。

而来自有关媒体的消息称，长虹早在 2000 年 6 月就宣称：两年后，实现年产背投彩电 20 万台。长虹要做中国的投影大王，与此同时，日立制作所数字媒体集团宣布：在深圳投产中国首条背投电视投影管生产线，成立日立（福建）数字媒体有限公司，到 2005 年实现 15 万台的背投产销能力。

今日点评：

未普及开的“时尚”

“背投”是个什么玩意？话说背投电视个头超大，它能让你远远地就可以看到画面效果，就像投影电影一样。那个时候谁家如果有个背投电视，就立刻高大上了，因为那时背投电视是只有有钱人才玩儿得起的“奢侈品”。

如今的电视行业整体都在转变，都在玩儿创新，形态上也从原来的“重”、“大”变得更“轻”、更“薄”；再搭上互联网的快车，功能上也越来越智能化，“平台+内容+终端+应用”，电视剧、综艺节目、电影、游戏娱乐……应有尽有，相比传统电视来说也更亲民，好像只要你需要，它就能满足。

坐在地铁里、公交上，哪儿哪儿都可以看到，每个人手里都拿个手机，低着头自顾自地盯着屏幕。没错，就是手机，这是大家更喜欢的一种看视频的方式。手机上可以安装各种视频软件，你想看只要下载就好了，也不会再因为错过哪个电视节目觉得可惜，这就摆脱了时间、地点的限制，也因为手机小巧，携带方便，渐渐成为大家看视频的首选。你看，电视又变小了。

在家里看电视有下班后享受温馨自在的感觉，手机上看视频更多有打发时间的意味，电脑上看选择性更多。总之，因为互联网的存在，现在用什么方式看视频似乎已经显得没那么重要了，许多在线视频音频播放器本身也兼职了本地播放的功能。从“背投”到现在视频的获取方式越来越多元，都因人们的需求而不断革新着，手机、电脑、pad……没准儿以后，所有的播放器都会消失，取而代之的或许就是一个万能的浏览器了。

痛惜！人间再难寄尺素

旧闻摘要：

在很少写信的年代抢救家书

（中国商报 2005 年 6 月 7 日报道）

时下，由中国国家博物馆等单位发起的“抢救民间家书”活动在海内外炎黄子孙中引起了强烈共鸣。一向没有引起大多数人注意的普通百姓的家书突然成了需要抢救的遗产，这多少令创造这些家书的朋友有些喜出望外，又不免心生疑虑：我的家书有价值吗？是否符合征集的标准呢？这些家书的用途何在呢？

众所周知，电话、网络的发展已经基本取代了传统的联络方式，人们现在都很少写信了，特别是家人之间。现代通信的便捷使那种“家书抵万金”的时代好像已成为遥远的过去。电话等电子通信有一个特点，就是通信内容不易保存，很难反复阅读。而传统通信恰恰弥补了这一缺点，大量的传统家书里留存了难以计数的信息，而且那些信息是与情感、亲情连在一起的。

家书具有亲情与史料双重价值。业内人士认为，此次活动中收到的家书中既有名人信札，也有普通百姓的家书，其中许多都是难得一见的精品。比如明代书法家王铎的手札、著名经济学家陈翰笙的三封家书、著名学者季羡林先生的手札等，这些信札不仅反映了写信人深厚的感情世界，而且记载了当时鲜为人知的社会故事，今天读来仍受益匪浅。

今日点评：

痛惜！人间再难寄尺素

无意间翻到这篇报道，《在很少写信的年代抢救家书》。是的，家书对中国人来说并不陌生，诸如《曾国藩家书》、《傅雷家书》等等，那些一版再版的家书，保存了那个时代的印记，物价、政策、思想观念等等，短短的篇章里容纳了社会生活的方方面面，家书也成为历史见证者之一。

而今再去看这些，不禁扼腕叹息，时间真是奇妙，“变”成为历史长河中最正常的态势。它让我们一边哀叹旧物的离开，一边赞叹新生事物的神奇。家书，一个时代感情的维系者，在今天由于通讯手段的多元，说走就走了？

现在物质生活极为丰富，通讯工具更迭速度太快，国内外各种电子科技公司都在比拼谁的更新换代的速度快，谁的软件功能更齐备，各种手机品牌让人眼花缭乱、应接不暇。是的，现代科技的确给我们的沟通交流带来了极大的便利，但是很多时候我们还没有用足够的时间对其产生感情，就很快被新奇的事物所替代。记得刚有手机那会儿，我们发短信都会觉得很有意思，随着微信、QQ、email、微博等的到来，短信也很少人去发了。就像现在我们每个人见面如果不谈些新奇的，就会担心跟不上潮流似的，low！但是真 low 吗？

如今“家书”不在了，这是社会选择的权利，无可厚非。不过有时候我们哀叹的或许不是适者生存的“淘汰观”，而是再无“家书抵万金”的那种情怀。如果可以，再提笔写封书信吧，不必署名，但请记得以吻封笺。

书画鉴定靠科技？别闹

旧闻摘要：

国家科研项目欲破书画鉴定迷局

（中国商报 2007 年 11 月 22 日报道）

从古至今，书画作品就是目鉴，而科技方面，珠宝、瓷器等等都更早地采用了高科技进行研究比较，书画领域还没有哪个机构用高科技来鉴定并能说出个一二三来。传统鉴定依靠对时代风格、个人风格判断、考据等，当然这些前提就是大量真迹和相关资料。

对于中国画而言，数据库的应用性，元代以前的画远远逊于明清以后以及近现代，而数据库不可能解决所有问题，西方也一样。我们的思维更喜欢从宏观上考虑问题，建立一个体系，这个没有问题，但要一点点做。

有很多细节需要大大丰富，甚至需要突破。比如说，数据库的数据采集，博物馆的东西能不能采集？像故宫的东西很多，你能不能采集到手？我国台湾地区有很多东西，怎么采集？数据库要从源头采集，不能用照片，这个难度很大。再比如，中国传统书画的很多材料采用传统工艺生产，具有很强的延续性，一种材料可能延续数百年，这个问题怎么解决？再比如，同一个画家，其书画作品是有差异的，这就不能完全依赖高科技。还有一个问题，画家不会所有的作品都会进档案库，怎么办？档案库没有就是假的吗？现在市场上已经存在的一些科技鉴定方式就面临这样的问题。

今日点评：

书画鉴定靠科技？别闹

2007年10月30日，“国家科研项目——书画真伪科学鉴定系统”项目研讨会在北京召开。这是《中国商报·收藏拍卖导报》报道，一晃八年过去了，而书画真伪科技鉴定这事儿，不了了之了？

书画鉴定的模糊性古已有之，由于经验鉴定的“尺子”长短不一，“专家不专家，权威不权威”的事儿频出，这就是书画鉴定的现状。当然，和璧隋珠又何惧风雨沧桑，真品就是真品。“冰冷”的科技鉴定真能把握历史的真实？就像博物馆里陈列的那些文物珍品，它们是刻在历史年轮上的深深印痕，触摸它们，光靠科技或许真的不一定靠谱呢。

中国书画，且不论其他，单就工具而言，就千差万别，不了解书画的人怎么也不会想到唐朝的王默，是用头发画画，张璪用手掌抹色；更有趣的还要数秦朝的烈裔，口喷颜色而成画。如果用冷冰冰的科技工具，不知道是否能够窥探那些“胡思乱想”的古时作者成画时是怎样的迁想妙得、随类赋彩？用笔是铿锵有力，还是轻流婉转？内心是涌动着激流狂潮，还是守着纯净与超脱？科学仪器有那么神？答案当然是没有。

其实真伪鉴定只是一个非常浅层的问题，就是仪器能解决了，只是暂时帮外行买几张自己看不懂的画而已。要是能看懂，又何必用仪器呢。

商痕，

商业创造价值，毫无疑问。

30年的神预测

旧闻摘要：

全国三十个大型百货商店 商品销售大幅的增长 消费需求发生显著变化（中国商报1985年11月8日报道）

据全国28个省、自治区、直辖市30个大型百货商店统计，今年2、3季度商品销售额19.7亿元，比去年同期增长25.1%。人们对消费品的需求进一步向优质、高档、新颖、多样、装饰方向发展。

一、穿着商品销售十分活跃，进一步趋向时装化和多样化。今年2、3季度销售各种服装1478万件，比去年同期增长14%。消费者对服装面料质量的要求普遍提高。

二、高档、名牌耐用品销量成倍增长。彩色电视机销售比去年同期增长1.7倍，高档收录机销售增长7.8倍。

三、文化用品销售上升较快。文娱体育用品销售比去年同期增长1.5倍，音乐戏剧磁带增销33.4%，照相机增销23.6%，胶卷增销1倍多。

四、儿童用品十分畅销。儿童服装销售比去年同期增长11.2%，时兴的军官式、海员式、西服式的套装以及美观漂亮的连衣裙都很热销。

五、装饰用品、床上用品销量也有较大增长，黄金饰品销势趋平稳。

六、新型商品销势甚旺。吸尘器销售比去年同期增长1.3倍，彩色胶卷增长19倍，起亚保温瓶增长69.4%，石英钟、不锈钢餐具、电褥子等也都十分畅销。

今日点评：

30年的神预测

这篇新闻好像能带人穿越到三十年前。

三四层楼的老式的百货商场里宽敞明亮，一组一组的柜台整齐地围成一个个“柜组”，像是今天办理登机手续的地方。每个柜组摆放着不同类别的商品，柜台后面站着统一着装的售货员，不动声色地审视着你。想看什么他会给你拿，拿了几种之后你会心里嘀咕——这位会不会烦啊，要是甩出几句难听话保证你就只想钻地缝。不能再看了，赶紧买或赶紧走。是这样吗？

现在的不少餐馆会营造怀旧气氛，比如摆上四方桌长条凳，比如让服务员穿上长袍或者小褂带上瓜皮帽，还有的贴上老照片或者挂上一串串黄玉米红辣椒，似乎经营效果普遍不错。现在的百货业生意不理想，如果复制一个三十年前的老百货，会不会在经营上也能出奇制胜呢？关键是那些售货员，一定要冷若冰霜、惜字如金，稍一微笑就全不对了。这恐怕很难复制，因为即便培训出一批这样的售货员，你没法囤积那么多音乐戏剧磁带、彩色胶卷、气压保温瓶或者电褥子。

神奇的是，这些趋势好像不用复制就一直存在着。比如穿着类商品进一步趋向时装化和多样化、文化用品销售上升较快、儿童用品十分畅销，虽然具体商品早已物换星移，但就趋势而言，30 年后大体也是这样。装饰用品、新型商品销售甚旺也不算错，比如有特色的家居饰品或者计步器什么的，似乎都比较好销。只有那些“高档、名牌耐用品”不争气，什么彩色电视机高档收录机，还想成倍增长？呵呵。

要是有商家重视这篇预测，深刻把握这些趋势，然后又能与时俱进地改造那些柜组和售货员，到 30 年后的今天，会不会很牛呢？

亚细亚：记忆深处的淡忘

旧闻摘要：

“亚细亚”诞生于轰轰烈烈中

（中国商报 1990 年 9 月 18 日报道）

“星期天到哪里去——郑州亚细亚”。亚细亚在郑州无人不晓，但令人惊讶的是，这句广告语竟被市民广为接受，成为街谈巷议的“口头禅”。

亚细亚，郑州一家新建刚满一年的商场，在如此短暂的时间内通过种种令人瞩目的“文化”手段，在河南乃至全国树立起一种新型企业形象。对此，赞许者有之，抨击者亦有之，飞短流长、各有所据，我们姑且称其为“亚细亚现象”。

亚细亚效应（中国商报1991年9月15日报道）

硝烟浓烈的郑州商战，引起全国的瞩目。“一枝独秀”吊高了消费者的胃口，使国营商业企业的老板们感受到前所未有的冲击和压力，由亚细亚发端而当初颇遭“不务正业”非议的做法逐渐被众多国营商场公开或暗中借用，各大商场刻意创新，将现代化的管理方法和国营商业的传统优势“嫁接”到一起，成效卓著。在竞争的推动下郑州商业在全国的地位明显上升。亚细亚效应”正在引起越来越多的人们关注。

亚细亚：郑州“商界航母”即将沉没

（中国商报2000年12月2日报道）

备受社会各界关注的郑州亚细亚五彩购物广场破产事件有了眉目——7月28日，郑州市中级人民法院正式受理郑州五彩集团有限公司申请五彩广场有限公司破产一案。目前，依法成立的五彩广场财产监管小组已进驻广场，开始进行破产清算工作。

“中原商业航母”拍卖流产

（中国商报2001年8月14日报道）

原定于8月12日举行的郑州亚细亚五彩购物广场公开拍卖活动，因只有一个竞拍人，不符合《拍卖法》规定，主持者宣布撤拍。

今日点评：

亚细亚：记忆深处的淡忘

王遂舟出生于1958年，至今不到60岁。1997年，还不足40岁的他抱病辞职之后，彻底退隐江湖，任凭各方如何呼唤，都再没有重新出现在公众视野之中。曾经的商业传奇，曾经的耀眼新星，王总，你还好吗？

当年的郑州亚细亚如今只是经营失败的一个案例，但其兴衰也并不复杂：头脑发热，盲目扩张，4000万元的自有资本加上每年1000万元的利润，居然去撬动20亿元的资金搞全国百货连锁，以为只靠那些稀奇古怪的广告招数和价格商战就可以包打天下，这个大泡泡不破才怪！

这个案例没有那么简单。别忘了，当年王遂舟是全国十大杰出青年、全国人大代表，当年全国多少省级领导、市级领导以及不计其数的商界要员带队参观学习亚细亚，当年远在天津的小学生写《我的理想》作文时，班里许多孩子写的都是要到亚细亚当营业员。

如今，商场门口站上两个迎宾员不足为奇，商场内布置点花花草草不足为奇，新开张的商场要打折促销不足为奇，可在当年，郑州亚细亚率先做到了这些，而这一切都令市场目瞪口呆。

如果那是一个疯狂的故事，疯狂的是王遂舟还是这个社会？如果郑州亚细亚是一个失败的案例，除了教训以外，它是不是也给中国的商业留下了一些宝贵的遗产？

毋庸置疑，王遂舟是位创新者，尽管有些创新不合时宜，有些创新无法长久，但这是创新者的宿命。王遂舟是个理想家，尽管理想和现实往往冲突不断，但没有理想只有利润的商业总让人觉得缺了些什么。

中国商报几乎是最早关注郑州商战、关注郑州亚细亚和王遂舟的媒体，也有多位记者对王遂舟进行过独家专访。这些与王遂舟年龄相仿、曾经为郑州亚细亚热血沸腾的记者已经年华老去，如今说起王遂舟，他们的脸上只有一丝淡然、一丝怅然，他们最关心的只是：不知道王遂舟好不好。

千古兴亡多少事，悠悠，不尽江河滚滚流。今天的主流消费者已经没有谁知道亚细亚或者王遂舟了，不知道这种淡忘，是好事还是坏事。

百货不提当年勇

旧闻摘要：

零售业 禁区开始突破

（中国商报发表于1992年12月12日报道）

今年9月，随着中国上海第一百货商店与日本八佰伴有限公司在上海浦东合资建设经营上海第一八佰伴有限公司协议的正式签订，标志着中国流通领域的改革又有一个新突破。

这个投资1.2亿美元、11.7万平方米建设规模、销售空间比号称世界第一的美国梅西百货公司还大20%的合资商店，成为中国第一个被批准允许外商投资的零售店。

总体上讲，我国零售业与世界水平有一定差距，因此有必要通过引进资金，引进先进的管理方式，使我国的零售业尽快赶上国际水平。

今日点评：

百货不提当年勇

朋友们聚在一起，闲聊时必备话题之一就是“彼此的衣装”，问衣服都在哪儿买时，很多时候会回答：“网上买的。”再追问：“那你不怕不合适吗？如果不合适退来退去多麻烦。”她们笑了：“先去商场找同款试一下，试好后再网上买，省很多事儿。”难道，百货商场就沦为了大家的试衣间？

当然，传统的百货店里不仅有服装，还有儿童玩具、化妆用品、医药卫生品、纺织面料、纸张文具等等，可谓是应有尽有。也正因为如此，传说当年北京百货大楼开业时，货场里人挨人、人挤人，晚上关门儿的时候，光是顾客挤丢的鞋，售货员们就捡了两大筐，当日盛况可想而知，只是那已是当年之勇了。

话说第一八佰伴开业时也是轰动全国，中国零售业界一连串的突破，外商竟然还可以投资国内零售业？11.7 万平方米，怎么还可以有这么大的规模？现如今，合资早已不是什么新鲜事儿，11.7 万平方米也不再让人称奇，动辄数十万平方米的商业设施比比皆是，卖场布置花样翻新之间，无不是通过“创意”、“新奇”的体验来吸引消费者。

“那你还会去百货店买东西吗？”问朋友，朋友疑问，“百货店？不都有网店吗，不想出去就在家买，赶时间的话门口就有便利店，闲了就去购物中心逛逛，何必奔波呢。”

百货店一路走来，为了消费者可谓是“衣带渐宽终不悔”，难道只能落得个“为伊消得人憔悴”的地步？

便利店时代到了，Are you ready

旧闻摘要：

超级市场——上海商业的新形象

（中国商报 1995 年 3 月 4 日报道）

一项消费调查表明，上海市民的日常小商品或主副食品40% 是在超级市场购买的。现在全市大街小巷，特别是新建居民区已开设了 400 多家超级市场。在广大消费者眼中，超级市场已经成为上海零售业的新形象。

90 年代后，上海市政府积极推进超级市场的发展，把每年新建 100 家超级市场列为方便居民生活，促进现代商业销售的重点之一。仅去年上海就新增超级市场 133 家。现在全市每家超级市场的经营品种平均达 2500 种，冷冻副食品、包装糕点、速冻点心、各类净菜以及日用百货一应俱全。去年下半年起，鲜菜、鲜活鱼肉等副食品也开始进入超级市场。

大店铺式微 便利店迈入“二次扩张”期

（中国商报 2014 年 11 月 24 日报道）

随着传统百货店、大型超市的饱和过剩、汹涌而至的关店潮以及一站式购物的日渐式微，各实体大店铺增速的普遍放缓，尤其是国人消费结构的升级迭代，便利店正在成为零售业最被看好的最后一块高增长的“蛋糕”。

所谓的“二次扩张”，是指在中国发展已20余年的便利店在将这一业态引入我国市场之初已完成第一轮扩张。但是，相比大型超市、百货商场等其他业态，便利店的第一轮扩张仍相对缓慢，并且不同区域存在较大的规模和经营水平的差距。

随着国民经济水平的提升，城市商圈的演变，消费结构的迭代，便利店到了一个再次扩张的窗口期。

今日点评：

便利店时代到了，Are you ready?

超级市场，先说说这个名称，在20年前，还是那么新潮的字眼。但不知道从什么时候开始，人们就把它简化成了超市，现如今早已不是什么“高大上”的词语了。

再说说超市，现在还红火吗？现实是它降温了。如今是移动互联网时代，网络购物的便捷，无形中改变了很多人的消费习惯，也改变了传统超市、大卖场的生存环境。不得不说，电商的围剿才真是对实体超市致命的一击。超市规模再大，出柜的商品在包罗万象的网店面前也只能望其项背。除了这些，传统实体店还面临着高租金、高人工、高能耗、高折旧等的挑战。这些年，它过得很艰难。

如今，都讲究个“小而美”，所以便利店一枝独秀、备受青睐。个人经济和懒人经济导致了便利店数量的增加，同时消费需求也在发生变化。今天的便利店不在于有生鲜，更重要的是功能的多样。另外，城镇化、老龄化的加速，也为便利店业创造了一个大发展时机。有人这么说：“台湾地区现在已经有 1.1 万便利店，平均 2000 人一家店，大陆人口是台湾的 70 倍，应该有 70 万家便利店的规模、几万亿元的市场，这只是时间的问题。”再加上现在 O2O 概念如此火热，线上线下需要对接，便利店天生的网点优势，可以很好地解决电商物流最难啃的“最后一公里”问题。

说到这儿，特别想说，时代在变，社会在变，一个时代有一个时代的产物。未来，Are you ready？

谁按下了消费的快进键

旧闻摘要：

全国首张商业联名信用卡在上海发行——电子钱包插进零售业

（中国商报 1995 年 6 月 22 日报道）

为更好地拓展我国信用卡市场，进一步加快“金卡工程”的建设，同时积极繁荣上海的商业，23 日中国工商银行上海市分行与上海先施有限公司合作，在上海隆重推出全国首张商业联名信用卡——牡丹先施威士信用卡，从而使我国商业零售业使用电子货币迈上了新的台阶。

走近住房按揭

（中国商报 1997 年 6 月 17 报道）

随着我国住房改革步伐的加快，老百姓如何贷款买房已经成为了一个热门话题。这时，住房按揭走到了人们面前。

按揭，是香港俚语，即抵押的意思。住房按揭，即住房抵押贷款，是银行或者其他金融机构要求借款者提供一定的财产作为还款的物质保证而发放的贷款。

我国已有价值1000亿元的住宅进入商品流通领域，并且今后每年还会有价值2000多亿元的新建住宅。近几年来，各商业银行已累计发放贷款100亿元，解决了120万户家庭的资金需要。

今日点评：

谁按下了消费的快进键?

大概是电影里的一个场景，具体哪部电影已不记得。一个小孩儿攒了很久的零钱去买自己心仪的东西，等攒够了数满心欢喜地去买的时候，却发现东西涨价了，他手中的钱还不够。那种失望的表情，让人觉得着实酸楚。

买房可以按揭之前，人们的住房消费大概都是这样的场景。然而，并不是一项新鲜事物出现就会被人所接受。当时先买房住上再慢慢还款，还是等攒够了钱再买房成了许多人讨论的话题，类似新闻时常见诸报端。最终的胜负今天不用再关切。事实是，高昂的房价，让攒钱的速度永远赶不上房价上涨的速度。按揭贷款已经成了绝大多数人买房时的惟一途径。

如果买房贷款属于迫不得已的话，日常消费贷款更是一种生活习惯、理念的转变。在商场里、餐馆里以及电脑前、手机上，透支族、爆卡族们豪情万丈，刷刷刷刷，此外，购车、旅游、装修等等各种明目的专项消费贷款也充斥在生活的各个角落，无微不至地关心着人们的需求。

信贷消费其实是一场划时代的、意义不亚于电子商务的革命。如果统计一下信贷消费对 GDP 或者社会商品零售总额的贡献，结果一定非常惊人。当然，如果统计一下它对银行利润的贡献，结果也许更加惊人。

20 年左右的时间，借钱消费不再是难堪或者纠结的事，昔日的“金卡工程”或者那个“第一张联名商业信用卡”，或者那个 20 万的持卡人数早已不值一提了。甚至，随着移动支付的兴起，刷卡消费也已经显得过时。在这一切变化之中，不变的是人们对更美好生活的追求，而信贷消费无疑按下了快进键。

把握当下比什么都可贵

旧闻摘要：

连锁系列：连锁有了规矩

（中国商报 1995 年 6 月 22 日报道）

我国流通领域带有方向性的重大改革——发展连锁经营已有规矩可循，由国内贸易部制定的《全国连锁经营发展规划》目前正式开始实施，此举对促进连锁经营健康发展，改变我国传统经营方式和组织形式，实现流通的现代化具有十分重要的意义。

以连锁方式重建商业体系

（中国商报 1993 年 11 月 18 日报道）

目前是中国发展连锁商业的大好时机。我国从对外经济政策上已允许外国资本进入中国零售商业，除合资零售外的大量外资专卖店也纷纷进军中国市场，对国内商业形式形成强劲冲击波。这种万舸争流的形势，正在呼唤着中国连锁商业的出现。

连锁百强再舞零售业“龙头”

（中国商报 2003 年 4 月 8 日报道）

统计显示，连锁百强的销售增幅远远高于社会消费品零售总额的增长幅度，而且保持连续几年的快速增长，同时连锁百强占社会消费品零售总额的比例逐年加大，说明连锁百强在零售市场中的地位逐步增强。特别是上海和北京，连锁企业的销售额已分别占到社会消费品零售总额的 30% 和 18. 2%。

转型升级面临压力连锁业进入瓶颈期

（中国商报 2014 年 12 月 4 日报道）

我国连锁经营经过 20 多年的改革发展，原有的优势正在逐步弱化，总体发展进入了瓶颈期。日前，在“2014 年中国商业经济国际论坛”上，商务部权威人士表示，这种状况从表面上看是受电商的冲击和挑战以及经营环境变化的影响，但是在实质上，暴露的却是我国连锁经营本身尚未能够充分发育和成熟。

今日点评：

把握当下比什么都可贵

连锁经营是商业发展的必然趋势。在连锁业的发展初期，体现的本质是复制，通过标准化实现一个又一个门店的复制。在此时期企业需要通过做好门店管理、门店标准、门店盈利不断壮大发展，发展特点是稳和慢。20年前，《全国连锁经营发展规划》的出台，意味着连锁经营从此有规矩可循。不得不说，这是我国流通领域带有方向性的一次重大改革。

如果生活在20年前，那连锁商店对人们来说简直就是“高大上”的代名词。随着连锁经营的不断发展，人们开始越来越接受这一经营形式，并将连锁商店视为品质的保证。

随后，连锁以它统一配送、集中采购，标准化管理的核心优势逐渐占据市场。从零售、餐饮酒店甚至是加工贸易，连锁业态几乎覆盖了零售服务业的大多数细分行业，竞争激烈自不待言。面对机遇，众多商者涌入掘金，发财者有之，落魄者有之。“眼看他起高楼，眼看他楼塌了”，连锁行业天天都在上演着成功与失败的戏码。

如今，走街串巷，一整条街上都是连锁商店这件事也不足为奇。连锁经营形式深入人心，更成为日常消费的一种习惯。连锁这种经营模式也早已跌落云端，成为再普通不过的一种市场形态。

昔日的高端，今天的普及。今天，不断有让我们觉得“高大上”的玩意儿出现，若干年后，这些事物也同样会变成下一代眼中稀松平常的存在。曾经有这样一句名言：“只有正在产生、正在发展的东西，才是不可战胜的。”时代在变，从无到有，从高端到家常，再平常不过。而对于一个行业而言，永远把握当下，才是最可贵、最接近成功的品质。

假冒伪劣不会根除

旧闻摘要：

王海现象（中国商报1996年1月18日报道）

1995年3月25日，王海第一次在北京隆福大厦购买两幅索尼耳机，经送有关部门鉴定为仿冒品，根据《消法》第 49 条，他获得了第一笔加倍赔付款 340 元。王海的做法唤起了消费者的自我保护意识，对维护消费者的利益有十分积极的意义，在社会上也曾引起强烈反响。但是，随着王海行为的演变，其实际做法已经超出了一个消费者依法保护自身合法权益的范围。

自 12 月初以来，王海频繁进入北京的一些国有大中型商场，购买进口名牌的皮带、皮鞋、皮包及电器。特别是 12 月 5 日至 12 日 7 天内，王海在各大商场反复多次购买卡西欧各型计算器，而且要求全部购完，有的甚至连残次品也要。据统计，共购买 100 多台。结账后次日，就到商场进行退款索赔活动，仅此一项王海获利 3 万余元。

北京市各大中型国有商场的负责人一致反映，作为国有商场，保护消费者合法权益，维护企业形象，这好似我们共同的心愿，因此我们真心拥护打假，并落实到商场的各项管理中。贵友商场设立“捉假赐教奖”；隆福大厦设立“打假投诉墙”、“打假咨询台”；不少商场还设立打假员。

今日点评：

假冒伪劣不会根除

市场上的假冒伪劣商品犹如人体内的病毒，无论你多么强健都会一直存在，有时候还会给你闹出点头疼脑热的小花样。发达国家或称市场成熟国家有假冒伪劣，国际大牌也会制造假冒伪劣。

有病毒就更需要健身，有假冒伪劣就更需要强化市场监管。不过健身过力会受伤，监管不当也会适得其反。现在看，至少在上世纪 90 年代中期，假一赔二的规则考虑不够周全，所以王海们大行其道。王海模式的打假模式起初利大于弊，有效震慑了假冒伪劣商品的经营者。但不断发展之后，却演变成了对无良商品，或者无意瑕疵商品的制造者、经营者的敲诈，而对这些商品的流通几乎没有任何遏制作用。说白了，我发现你的产品不合格，私了吧？私了之后，不合格产品仍在生产着、销售着。

不过，所谓乱世用重典。假冒伪劣猖獗的时期，要想迎头痛击，也就得容忍几天王海们得意。重典、猖獗、得意，都是乱世特征，或者说是市场经济早期必须经历的过程。现在，假冒伪劣依然顽固，但毕竟不再比比皆是，更严厉的消费者权益保护法出台，却也不见了王海们的身影，这也是由乱而治的特征吧。

其实从长远看，要让假冒伪劣更少现身，不能只靠重典，更不可能靠王海，而是要靠厂商们和消费者的自觉。这是一个漫长的过程，就中国的现实而言，要比由王海时期到现在长久的多。这个过程中需要强调重典的威慑，还需要一种春风化雨的感召，而这正是政府部门的职责所在。

企业业绩与股价无关

旧闻摘要：

商业股，在希望的田野上（中国商报 1997 年 7 月 3 日报道）

商业企业是我国较早实行股份制改造的企业，已经上市的公司都是行业的佼佼者，尽管如此，上市企业仍要加倍努力。

一家企业的副总告诉记者，我们这么玩命干，就是为了对股民有一个好的回报，无愧股民的期望。

从历年的年终报告来看，商业类个股普遍较其他类上市公司更具稳定的利润收入，况且商业股的股价较低，价格上升空间和市场想象空间提供了投资、投机的两面性。

为什么商业板块具有较好的投资价值，却走势平平，没有吸引投资者的特别关注呢？

一位专家认为，股票的价格并不完全与它的业绩一致。目前股民跟风现象严重，而商业股的题材又过于简单，没有炒作的热点，常常不被股民看好。从商业本身来看，近几年商业零售销售额增长缓慢，去年甚至出现了负增长，直接影响了股民的投资热情。

今日点评：

企业业绩与股价无关

在中国股市 20 多年的历史上，还真查不到商业板块有什么兴风作浪的时候。银行、券商、地产、军工、科技等等，不知道股市到底可以分为多少个板块，但是它们忽而联动忽而轮动，只有商业板块似乎始终波澜不惊，至少从 1997 年开始就是这样，至少作为一个板块是这样。

想当年，在没有电商的冲击下，实体店上市公司业绩都很棒，利润、销售额增长幅度都很可观，按照这样的说法，那个时候业绩那么好，股价应该很高才对，可是那时候的商业股也是一般般。想想也是醉了，看今天的竞争状况，看现在商业上市公司的普遍业绩，这个板块更别想兴风作浪了吧。

商业板块就这么平稳着，想来有两个原因很重要。一个是多数商业股虽然经过多次股份制改造，多次并购重组，但究其本质，仍然是国有性质，至少还带有国有企业的很多烙印。这就意味着它没那么市场化，在市场化程度较高的资本市场就做不了宠儿。另外，那位专家说的有道理，商业板块的概念确实太简单了，特别是后来，随着一些新兴商业理念、商业模式的兴起，一些传统商业企业，即便是当年的领头羊，也确实“传统”了些，对于偏爱各种概念、题材的股市来说，这些企业也不是好的炒作对象。

做企业还是做股价，在中国好像很多时候都是一个问题。

电商大潮之下，传统商业最本质的优势是什么，又怎样才能运用互联网科技让自己强大起来，多在这里下下功夫，比把更多精力放在估价上还是更高明吧。

无电商不生活

旧闻摘要：

电子商务方兴未艾（中国商报 1999 年 4 月 13 日报道）

1998 年被人们称作是一个轰轰烈烈的电子商务年。这年 7 月，第一次由我国政府牵头组建的“中国商品交易市场”正式开通，它是国内第一个经过授权的做电子商务的网络。尽管市场运营之初只有 8000 多种商品，涉及 60 多个门类，但却标志着中国电子商务领域已经有了实质性的突破。

我国最大零售商企要在网上做买卖

（中国商报 2000 年 6 月 8 日报道）

我国最大的传统零售商业企业要在网上做生意了。上海第一百货商店最近控股成立了“热买热卖电子商务有限公司”，并通过上海市电子商务安全证书管理中心的安全认证。

电子商务的第三次浪潮

（中国商报 2000 年 11 月 21 日报道）

无论是电子零售还是网上贸易，其共同的特征是电子商务仍停留于企业的对外买卖环节，还只是企业生产经营活动的一小部分，不能够形成一条整合的供应价值链，而且多是以信息流为核心，难以形成实际的交易行为。况且缺乏规范统一的标准体系，因而也就难以达到电子商务真正要追求的创新变革社会生产经营形态的目标。反观网上交易市场，它的出现正是顺应了电子商务新的历史阶段的需求，无论是模式还是技术，都比从前两者更贴近电子商务的本质目标。

今日点评：

无电商不生活

假如没有电子商务，今天的生活会怎样?

你只能去实体商店，买那些经历过各个中间商增值的昂贵了许多的商品；你也不能在家里随心所欲地购买全世界的产品；你只能对着商店里面无表情的营业员，再也没有人带着波浪号亲切地叫你一声“亲~”。惟一的好处大概就是，每个月不用再为没抢到秒杀商品而难过生气了。没有电子商务的日子，对于我们这些已经习惯网上购物方便快捷、价廉物美的人们来说，是无法想象的。

如果不是读了这几篇报道，人们提到电子商务，是不是只会想到淘宝、京东、百度或者携程？有多少人能记得1998年，竟然是一个“轰轰烈烈的电子商务年”？那个第一次由“我国政府牵头组建的中国商品交易市场”早已经偃旗息鼓了吧？60多个门类8000多种商品，这个规模在现在的电子商务界肯定是会让人笑掉大牙的。据说，当初还有不少有识之士投身电子商务，创立了一大批门户、搜索、交易等各种网站，它们的功能一定也简陋得让今天的网民难以置信吧，它们又有多少存活至今呢？今天，中国已经成为一个电子商务大国，网民数量高居世界第一，网络交易量高居世界第一，世界最大的电子商务公司也是中国公司，网上支付额名列世界前茅。而这一切的奠基，毫无疑问都是上世纪末的那些付出。

中国的互联网事业在加速发展着，互联网对中国已经愈发重要了，其意义已经超出了单纯的商业甚至经济范畴。不知道有没有人梳理过中国互联网的各种“最早”。应该趁着许多东西还没有灰飞烟灭的时候把它们认认真真地收藏起来，至少应该立一方石碑，把它们认认真真地记录下来。

科技改变生活 创新成就明天

旧闻摘要：

网上支付 前路漫漫（中国商报1999年5月25日报道）

这几年信息技术应用领域中，电子商务是最热门的话题，一时间网络营销潮席卷全球，但是由于因特网资金支付手段滞后使电子商务更多只是用于信息交换，处境十分尴尬。

1998年是全球电子商务急剧膨胀的一年，据一位刚刚从美国回来的朋友说，有关电子商务的内容平均10分钟便在美国电视中出现一次；在中国电子商务的热度也是居高不下，从去年开设的林林总总的网上商店、网上书城、网上建材城、网上装饰中心等等在线商店便可以体会到这种“高温”。1999年，电子商务热温度不退，不过受人们普遍看法——没有实现网上支付就不算真正意义上完整概念的电子商务的影响，于是今年实现因特网上支付便成为电子商务中最炙手可热的话题。已经开业、正准备开业的网上商店开始积极寻找途径解决网上支付问题，从某种意义上讲，今年是“电子支付年”。

今日点评：

科技改变生活 创新成就明天

2000年3月，互联网泡沫瞬间被捅破，一时间风声鹤唳。尽管这段历史很快被网络经济的重新崛起所淡化，但一大批原本光鲜亮丽的高科技公司在这个过程中成为“昨日黄花”，成为经济和技术发展史上失败的丝丝刻痕。

1999年，媒体谈论电子商务已经十分“时尚”，能详尽论述网上支付，并对其发展做出客观判断的，却可以说是“领一时风骚”了。因为直到大约2010年，网上支付经过10年的不断发展后，业界才发出了“网上支付元年”即将到来的感叹，而期间遇到的不少问题，在这篇报道中早有涉及。

今天看来，比之网上支付更加“高大上”的词汇，如互联网金融、移动支付大家都已耳熟能详，没有支付宝、不用注册微信支付，你都会不好意思说自己是一个现代人。16年前，采写这篇稿件的记者在感叹“网上支付前路漫漫”时，是否也想到了十余年后网络经济的波澜壮阔，网上支付会成为人们举手投足间就能完成的“小事”？

确实，科技的进步润物无声地改变着人类的生活方式。正如互联网的出现，拉近了人与世界的关系，它跨越时间和空间的限制，打破了传统的沟通方式，更提高了人们日常生活的效率，而且这种改变的惊人速度更让世界动容。

再过16年会是怎样的一个世界？正所谓“潮平两岸阔，风正一帆悬”，科技会继续改变生活，创新也会让明天更加舒适美好。

不合理收费要治理多少次

旧闻摘要：

收费制度将实施重大改革

（中国商报 1999 年 1 月 18 日报道）

为改变目前我国税费不分、收费项目过多过滥的混乱情况，近日，国家计委提出了收费改革的总体思路，即对现行的全部行政事业性收费及各种基金、附加费等进行彻底改革，改税一批、剥离一批、取消一批、规范一批。

据了解，目前我国有经国务院有关部门批准的行政单位、事业单位收费项目 400 多项，各省批准的收费项目也有数百项，各类基金、附加费 421 项，上述几项合计年收费总额超过 4000 亿元，相当于财政收入的 50%。项目如此众多、数额如此巨大的各种收费使社会各方面不堪重负。

今日点评：

不合理收费要治理多少次

就在 2014 年，国务院部署了一次减轻企业负担、治理各种乱收费的行动。2015 年则有一则新闻说，国务院常务会议再次部署，“对去年中央和地方政府确定取消、停征和减免的 600 多项收费规定进行自查、督查。凡没有法律法规依据且未按规定批准，越权设立的涉企收费基金项目一律取消”。显然，2015 年的这次部署，是要落实、巩固上一年的清理治理成果——共涉及不合理收费 600 余项。

不看 1999 年的“旧闻”，自然会对 2015 年的新闻欢欣鼓舞。但是看过之后，却对新闻有点疑惑了：乱收费治理了多少次？怎么总在治？

上网查，哎呀，1997 年、1999 年、2004 年、2006 年、2010 年、2013 年、2015 年，都在治理乱收费！有专项整治也有综合治理，有发改委这样的综合部门，有多个部门联手，也有中办、国办发文，更有“中共中央国务院决定”。

1999 年的“旧闻”说，国务院批准的收费有 400 多项，各省批准的有数百项。而经过这么多年的连续治理，到 2014 年仅不合理收费就查出 600 多项。这是不是说，乱收费越治理越多；这是不是说，治了这么多年徒劳无功？

当然，能够理解的是，经济在发展社会在进步，不断有新的事物涌现出来，也会不断有新的收费名目跟进。这不是十年前、二十年前的治理行动所能涵盖的。但不能理解的是，三五年治理一次，竟然又治理出600余项，而且都是不合理收费。

但愿，这是最后一次看到治理乱收费的新闻。

流通，流通，流通

旧闻摘要：

国家体改委提出加快流通体制改革和市场体系建设

（中国商报 1995 年 1 月 9 日报道）

我国今年将加快流通体制改革和市场体系建设，在搞好粮食、棉花、猪肉、蔬菜和花卉等商品的流通体制改革的同时，把整顿流通秩序，规范交易行为，稳定市场物价作为深化流通体制改革的重要工作来抓。

商品流通产业"十五"期间将成为国民经济主导产业

（中国商报 2000 年 11 月 10 日报道）

国家内贸局在日前完成的《商品流通行业"十五"发展规划草案》中预言，"十五"期间，随着国民经济商品化、货币化程度的提高，商品流通在社会在生产中的地位会逐步提高，商品流通产业将会从满足需求转向创造需求，开拓市场，成为国民经济主导性产业。

商务部三方面加快推动流通业发展

（中国商报 2012 年 8 月 21 日报道）

近日，国务院下发了 [2012]39 号文件《关于深化流通体制改革加快流通产业发展的意见》，商务部新闻发言人称，商务部将以此文件的出台为契机，进一步加大工作力度，加快推动流通产业的改革和发展。

今日评论：

流通，流通，流通

主导产业、先导产业、基础产业。。。。。。十几二十年来，政府部门给流通产业带上的“帽子”不可谓不大，不可谓不多，但是轻商的观念，却依然在社会各个层面深入骨髓。

这是几千年来形成的观念，甚至也不是中国的“特产”。靠低买高卖赚钱似乎走到哪里也不像缝制一件衣服、建起一栋房屋挣钱那样理直气壮。当然，这种理念在中国流行的时间格外久远，先有几千年的重农轻商，后是几十年的重工轻商。

计划经济没有市场，也就谈不上真正意义的商。市场经济后，一度全民皆商，自然可以任由它自生自灭。后来追求GDP，与房地产、汽车制造或者修机场建铁路相比，商这个东西带不来多少GDP，所以还是被打入冷宫。市场经济重视需求，怎么会不重视商呢？可是有人认为，产品不好怎么会有市场，要是有的话那只能靠奸商捣鬼了。所以，搞好市场经济的根源还是要制造出好的产品，根源还得是制造——还是重工轻商。

其实，这种对商的轻视折射的仍然是计划经济的阴影，因为只有计划经济才把工与商、农与商进行人为切割，造成一种先有鸡还是先有蛋的认识混乱。在市场经济条件下，从生产到把产品投入市场本来是一条完整的产业链，你能说一根链条的哪一环重要或者不重要吗？现在，市场机制在完善，这根链条在市场作用下有效恢复着，只是仍有一只有形的手还在有意无意地扯动它一下。

这时候，真正需要的是那只有形的手去把这根链条接好理顺，这比给商或者流通贴上什么漂亮的标签更重要。

让商业规划更靠谱

旧闻摘要：

上海拟新建 211 个菜市场引发争论

（中国商报 2005 年 9 月 16 日报道）

日前，上海市规划局初步编制完成的《上海市菜市场和公共厕所规划布局纲要》提出，到 2020 年，全市将新增 211 个菜市场，做到 500 米内要有一个菜市场。

当该规划纲要初稿开始公开征集意见时，立刻传来了两种截然相反的声音：有人认为此举是为消费者切身利益着想，有人则质疑这是倒退回到传统的流通模式。

今日点评：

让商业规划更靠谱

传统意义上的菜市场是计划经济的产物，一个街区配备一家副食店，一个社区配备一个菜市场。菜市场只是规模更大的副食店，只有肉蛋菜和水果糕点，没有别的。

后来，许多菜市场被更新鲜、更便宜的农贸市场取代，只在很小范围存在着。再后来，农贸市场因为影响城市环境，存在安全隐患，在一些大城市，只以“早市”的形式存在。到八九点钟收市，地上连一片菜叶都没有，懒起的人甚至不知道它的存在。中午晚上买菜怎么办呢？简单一点有社区生活便利店，复杂一点有大型综合超市。当然，路边的杂货小铺面也可能有几样当家菜可供选择。这几年，如果你足够讲究、足够新潮或者足够懒，上网联系电商，那些菜就会水灵灵地躺在你的家门口。总之，买菜不是大问题。

问题是政府该怎么管理居民的菜篮子。副食供应很重要，食品安全很重要，城市环境很重要，所以需要政府管。

什么是今天的菜市场？有了生鲜超市和大卖场，一定还需要菜市场吗？2005年上海提出的关于菜市场的规划时，社区便利店蓬勃兴起了吗？生鲜电商已经走街串巷了吗？这个规划现在还在执着地推进，非要500米建一个菜市场吗？有些东西也许只能不了了之了吧。

城市商业真需要好好规划，重复建设、恶性竞争、生活不便甚至房子不升值，都与商业规划有关。不过遗憾的是，现在怎么好像都是因为没规划好才知道规划的重要呢？

这个社会变化快，有些时候规划赶不上变化可以理解，但也有不少时候，规划一出台看上去就不那么靠谱。城市商业或者居民菜篮子真的很重要。

拜托，请认真规划、科学规划。

奢侈品，且行且珍惜吧

旧闻摘要：

中国市场成为奢侈品掘金乐土

（中国商报2005年6月3日报道）

有预言称，未来几年中国将成为全球奢侈品消费的第二大国，仿佛一夜间，各大超级品牌登陆中国。这个庞大的市场又将给本土企业带来什么？我们又能否分得一杯羹呢？

在全球奢侈品市场低迷之时，中国却逆风而上，这个奢侈品品牌的最大潜力市场，无疑对奢侈品企业和高级百货公司充满了诱惑。因此，很多一线品牌不惜血本也要尽快在中国站稳脚跟。

一位业内资深人士说：“一般说来，一个品牌在一个店如果一年的销售达不到100万元，他不会考虑开第二个店。顶级品牌更应该如此。所以现在无数品牌开了这么多店，背后的确有强大的消费做支撑。”据业内人士透露，LV一家店的月销售额就能达到四五千万元。

杭州奢侈品街开街6年依旧冷清度日

（中国商报2012年4月13日报道）

位居全国奢侈品消费第三的杭州，2005年时就在西湖边的黄金地段投入巨资开出了一条奢侈品商业街——湖滨国际名品街。但经过6年多的努力，当地政府、经营者和消费者期盼的繁华商圈却一直没有出现。

今日点评：

奢侈品，且行且珍惜吧

10年前，各大奢侈品品牌大举进军中国，10年后，销售“遇冷”，门店“夭折”。正所谓“十年河东十年河西”，十年间，奢侈品在中国市场发生了天翻地覆的变化。

曾经，“只买贵的，不买对的”消费观念在中国蔓延。这或许源于中国人的炫富心理，在社交平台晒奢侈品成为“晒猫晒狗晒孩子”之外的炫耀标配，好像身上没有个“大H”、“双C”的，就失去了存在感。很多人买奢侈品似乎是为了提高自信心，展现自我。说中国人“人傻钱多”还真是不无道理。

曾经，奢侈品送礼在中国蔚然成风，“千里寄鹅毛，礼轻情意重”的道理早已抛到脑后，似乎价签上没有几个“0”的包包、腕表、珠宝，你拿都拿不出手。也难怪，奢侈品的世界没有贵，只有更贵。正因如此，奢侈品腐败问题屡禁不止。拿2009年来说，中国市场上50%的奢侈品消费由“送礼需求”构成。

时过境迁，奢侈品牌在中国的好日子也许已经一去不复返。2013年以来，反腐引发的送礼需求急跌，大牌们的销售数字可以用“不忍直视”来概括。从那时起，低调奢华成为众人追逐的对象。不得不承认，在中国购买奢侈品的人群发生了改变，心态也随之变化着。如今，越来越多的人们买奢侈品，看重的不再是它“晃瞎眼”的价签，而是它的品牌文化，关注点也从品牌向产品品质转移，“性价比”这一此前并不适用于奢侈品的概念也开始被重视。这些改变，10年前的那些大牌们，你们想得到吗？

世上没有只吃肉却不挨打的贼，奢侈品曾经在中国市场攫取巨额利益，可能也会为当前中国市场的快速成熟付出不菲代价。未来10年，希望奢侈品能走好。

装备大数据的国际“倒爷”什么样

旧闻摘要：

外贸电商转型瞄上“大数据”

（中国商报 2013 年 7 月 26 日报道）

2008 年金融危机后，中国的出口业务增速迅速放缓。数据显示，中国 2012 年的贸易总额为 38667 亿美元，虽有增长但增速放缓，“过去 5 年里，出口年均增长不到 10%”。

同时，中国商品的成本价格优势不再明显，外贸信息供给越发泛滥，此前相比传统外贸市场有竞争优势的 B2B 外贸电商业务的增速放缓也显示瓶颈已现。

寻找新的竞争优势，B2C 领域大行其道热议的“大数据”正成为外贸领域一个突破的方向。

业内人士认为，此前外贸电商的生存能力和外贸水平已高于传统外贸企业，如今简单数据共享已获得效益提升，若能深挖大数据，外贸电商相比传统外贸市场更有机遇，外贸全流程线上化将成趋势。

今日点评：

装备大数据的国际“倒爷”什么样

大包小包的国际倒爷不见了，“键盘 + 手机”的跨境电商出现了；大宗贸易增长乏力，小额贸易却在疯长。前者和后者的核心差别是什么？是大数据。大数据的核心价值是什么？是用户需求。

出口，曾经是中国换取外汇的宝贵手段，很长时间里都在推动着中国经济增长的步伐，再后来，经济主要靠投资拉动，消费也在稳步增长，而进出口的增长则变得愈发艰难。不可能听任进出口随意下滑，因为没有哪个经济强国是完全依靠投资和国内需求就成为经济强国的。

好在电子商务适时兴起，跨境电商顺势疯长。你看，美国、英国的买家数量三年里都增长了两倍多，尽管单笔交易数额不大，但这是比进口更加宝贵的出口，而且其中蕴藏着巨大的增长空间。

买卖这件事，一个巴掌拍不响。你在网上卖，他愿意在网上买，不仅是对你商品的认可，同时还是对你的经营模式也就是电子商务的认可。因此可以说，电子商务的想象空间有多大，中国网上进出口的空间就有多大。

不受时间、地域限制只是电子商务的浅层优势，大数据才是核心优势。电子商务可以通过互联网和云计算等技术手段随时随地收集、分析用户需求，还可以用五花八门的方法去满足这些需求。这也是跨境电商存在巨大想象空间的基础。

显然，国家的高度重视、市场的全力跟进，会让这种想象空间不断变成现实利益。

为“暴利”正名

旧闻摘要：

进口车暴利 不能简单归结为“人傻钱多”

（中国商报 2013 年 9 月 3 日报道）

把进口车价虚高，归结于面子问题，归结于富二代、拆迁户等消费者的购车行为，这种观点貌似符合“市场经济学”

的认知，但却与实际不符。单纯从“市场经济学”考虑，决定价格有两个主要因素：一是商品本身的价值，二是供求关系。从进口车的商品价值来看，进口车的定价应该在普通中产阶层相对能够承受的范围之列。但从市场情况来看，进口车的价格都“高出了国外成倍乃至数倍”。高端进口车数量有限，而国内购买者多，供不应求从而推高了车价。从表面上看，这很像是一个供求关系影响价格的市场现象，但深究下去就会发现，进口车市场的价格规律完全不按市场规律出牌。隐藏在进口车市场价格虚高背后的规律，是一种市场垄断行为。

政府部门在进口车价“消肿”的整顿工作中，不能眼光只盯着消费者和商家，也要对与车价“等高”的税赋进行压缩，以政府让利于商、于民。

今日点评：

为“暴利”正名

一直以来，包括进口车在内，“暴利”始终在被舆论讨伐着。那么，“暴利”真的那么丑恶吗？

利润高就算暴利吗？追求利润最大化是资本的天然属性，关键在于你能追求到多高的利润。在商言商，哪个制造商销售商不希望自己的产品能卖出个好价钱。新闻天天提倡核心竞争力、科技附加值，不就是为了高利润嘛。说中国经济要升级转型，当然也包括要追求更高利润啊。如果真的做到了，怎么就成了暴利，怎么就该被讨伐呢？

只有两种高利润该被讨伐，一种是垄断利润，特别是行政垄断而来的高利润；另一种是不诚实经营，或者说欺诈而来的高利润。靠市场手段诚信经营而来的高利润，必须鼓掌。

一个土豆才卖1元钱，你凭什么一盘炒土豆丝卖20？这是暴利！一听可乐超市卖2元钱，你凭什么卖30？这是暴利！一辆车美国卖10万元，你怎么就卖50万？这是暴利！

如果没有垄断，没有欺诈，能卖这么高自有它的道理。就说土豆吧，也许是炒得好，也许是餐馆地段好，也许是装修豪华，也许还有很多也许。你不喜欢？很简单，不吃就是。你放心，大家都不吃他也卖不到这么高，能卖这么高证明有人吃，证明有需求，决定价格最重要的因素就是需求。这，就叫市场经济。

华彩，

回眸之后，更有动力登高远望。

或许平凡，却更显先进

旧闻摘要：

当惊世界殊

（中国商报 1993 年 1 月 3 日报道）

俗话说，年年岁岁花相似，岁岁年年人不同。1992 年是充满魅力和诱惑的一年。邓小平同志南巡讲话之后，中国大陆的改革进程加快了步伐，市场化经济大潮汹涌……就连与我们自己朝夕相处的报纸，也开始走向更深的领域。于是，商业新闻、第二职业以及商品价格的话题便从报纸上地摊开始了。

今日点评：

或许平凡，却更显先进

岁尾年初，做一些回顾总结和对未来趋势的展望是媒体报道的常规项目，这也正如这篇报道开篇所言：“年年岁岁花相似，岁岁年年人不同”。今天重读这篇文章，具体的报道内容或许已不会让人觉得特别出彩，但这种以星期刊编辑部全体采编人员的合影再配以大家唠家常般的讲述，在一个特殊的时间节点，去呈现一个巨变时代慢慢开启的话题，轻松中带着厚重，平凡中更显露出媒体的亲民态度。

确实，1992 年在中国改革开放的进程中有着特殊的意义，而与之相对应，记者自身社会角色的认知、传媒的职能定义等也同样在不断改变。这个时期，新闻记者正逐渐告别“时代骄子”向社会记录者转变，媒体也由政论本位向新闻本位转换。

正如这篇报道的标题——当惊世界殊，当时的中国商报在星期刊以“全家福”的形式与读者进行平等互动，可以说是进行了一次角色转换的尝试，平凡简单的形式中显露的是服务和进步，显露的是领先一步改变的勇气。

广泛地接触社会生活，以全社会为工作对象和服务对象，了解社会的需要和社会的心理；思想敏捷，视野开阔，及时把握外界的新变化；以独特的新闻手段向公众报道第一手材料；有效地运用一切传播技术手段……这些直到最近十多年才逐步形成的行业共识。其实在这篇平实的报道及其所采用的表现形式中或多或少已可以领略一二了。

记录时代的人，最知道时代的风光与局限。守望社会的人，也更加了解社会的冷暖与无奈。

记录历史，我们也融入历史；影响今天，我们也融入今天。不管科学技术如何进步，以新闻贡献社会的基本价值从未消失，推动社会进步的职业使命更不曾改变。在海量信息和社交媒体越来越发达的时代里，新闻人一定可以重温属于自己的新闻梦想。

“侵权”的贴心服务

旧闻摘要：

本报提供清除计算机病毒软件

（中国商报 1992 年 3 月 12 日报道）

本报提供清除计算机病毒软件：为保证商业系统的计算机正常工作，本报排印中心愿免费提供公安部最新发行的清毒软件（KILL V36.05，附使用说明），每套收取工本费 20 元（包括邮费）。

今日点评：

侵权有木有！？不规范有木有！？

在当下这个版权意识日益强烈，无论新媒体还是传统媒体在引用、转载任何信息时都会习惯性地先去想一想知识产权的年代，如果猛然间看到这样一个出现在报端的“豆腐块”软件售卖小广告，你会怎么想？

盗版，侵权，有没有实际收入？该按什么倍数赔偿——但这在1992年肯定都不是问题。甚至可以这么说，当时能够这样做不失为一种创新之举，也确能给一些刚刚在信息化道路上迈步的商业企业解决一些燃眉之急。

从时间上算，如果说上世纪80年代开始个人计算机作为“高端装备”慢慢流行起来，那么到了90年代初期，正是计算机在企业应用的发端之时，想必新手上路，遇到病毒一定是非常“捉急”的。在没有网络的时代，花20元有一张5英寸或者3.5英寸磁盘（现在的年轻人听说过也肯定没见过）邮寄上门，简直就像今天的电商一样方便快捷！

细说起来，正好是在1992年的7月，中国正式加入了《世界版权公约》，也正是在这个被后来称为信息时代或知识经济时代的上世纪最后十年中，互联网在世界范围内不断普及，而知识产权保护的意识也逐渐开始形成。

当年“明目张胆”做广告卖软件是一种进步，今天，尊重原创、维护知识的尊严显然更应成为创新和市场经济的基石。

与1992年报纸自己登广告“多种经营”卖软件相比，1993年的报纸大标题中忽然出现不少繁体字就是相当的奇观了。几经征询，虽已无从考证当时编辑记者所为何故，但可以肯定的是确非工作失误，应该是当时编辑的一种用心吧。

翻看 30 年来出版的一期期旧报，如此带有创新意味的细微之处还有很多很多。以今天的眼光看去，初看虽有些许可笑些许不解，但细品品，却又不乏深意。

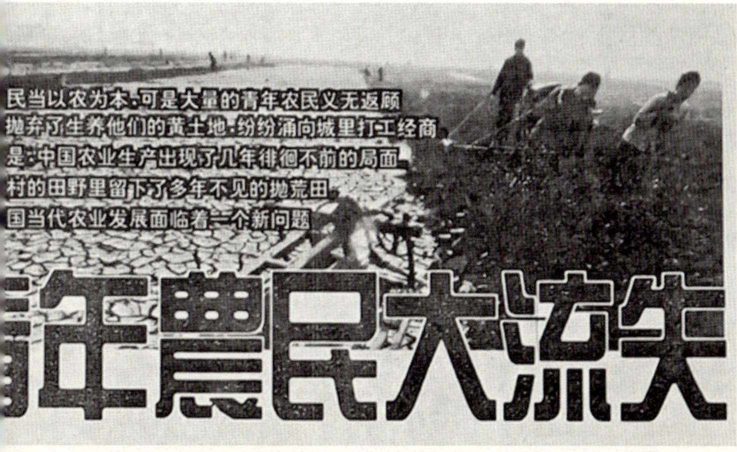

主标题的“农”字是繁体字，而导读中的“农”字是简体字，不知是何用意。

专注、专业的媒体品牌精神

旧闻摘要：

第二届全国十佳营业员评选揭晓

（中国商报 1994 年 2 月 26 日报道）

由中国财贸工会、共青团中央青工部、全国妇联宣传部和中国商报社共同主办的第二届全国十佳营业员评选活动已经揭晓。第二届十佳营业员评选活动的原则与第一届一样，都是在各省、市、自治区商业、粮食、供销社及工、青、妇领导机关在层层推荐候选人的基础上，采用报纸刊发事迹简介，读者投票办法产生“十佳”人选。他们的共同点是有较高的服务技能。

首届中国零售业年度人物揭晓

（中国商报 2006 年 9 月 22 日报道）

备受瞩目的“2005—2006（首届）中国零售业年度人物”9 月 22 日在“2006 年中国零售商大会暨中国国际零售业博览会”主题大会上揭晓并举行了隆重的颁奖典礼。本次评选活动由中国商业联合会与中国商报社联合主办。据悉，首届中国零售业年度人物分别为国美电器集团总裁黄光裕，大商集团董事局主席牛钢，王府井集团董事长、总经理郑万河，京客隆商业集团股份有限公司董事长卫停战，步步高商业连锁股份有限公司董事长王填，山东家家悦超市有限公司董事长、总经理王培桓，IBM 大中华区零售行业解决方案部总经理陈明华，大连三洋冷链有限公司总经理纪志坚以及中国人民大学商学院教授黄国雄。

今日点评：

专注、专业的媒体品牌精神

对新闻媒体而言，舆论影响力是关键。影响力既是媒体质量的根本体现，也是媒体发展的基础。影响力既靠媒体本身的内容和编排来营造，也要靠拓展来做大，利用媒体平台做活动，就是拓展外围影响力的重要手段。

在媒体高度发达的今天，媒体组织的活动可谓是姹紫嫣红、争奇斗妍。但成功组织一项活动，还是要根据媒体特点，发挥媒体优势，最终让媒体的活动影响力和媒体内容影响力形成螺旋式上升的效果。

在翻阅往日中国商报的报道中，有两项活动十分吸引眼球。一个是 1994 年 2 月的第二届全国十佳营业员评选，一个是 2006 年 9 月首届中国零售业年度人物评选。前者胜在当时社会反响巨大，省市县各级商业、粮食、供销社系统层层发动，推荐审批，最后当年活动能在北京人民大会堂颁奖，影响力可见一斑；后者则一直持续至今，活动每年一届至今已连办 10 届，已经成为行业内的年度风向标。

近年来，各类媒体评选活动可谓层出不穷，形式多样，社会效果也是褒贬不一。而不仅能产生良好的社会效益，更能提升媒体整体影响力的评选活动往往更多地要靠媒体特色的发挥和资源的整合。

中国商报作为商业服务业的权威媒体，在行业内具有着相当的专业地位和品牌影响力，而上述参与的两项活动又正好是行业内的评选，无论是媒体的影响力、传播力，还是权威性，对评选活动都形成了很好的支撑，这也正是活动成功和得以持续开展的根本所在。

当前，消费者的品牌消费习惯正在形成，对媒体品牌同样如此。在媒体品牌营销意识的提升和媒体市场竞争加剧的当下，媒体主办评选活动的精髓越来越趋向于通过活动打造一个活动品牌，从而实现媒体资源延伸和品牌价值再造，形成良性的可持续性发展。在这一点上中国商报已经有了相当厚实的积累，也更容易打开后续发展的空间。

一条大船“走出去”

旧闻摘要：

中国大江驶出一条船（中国商报 2002 年 1 月 1 日报道）

2002 年 1 月 1 日中国大江驶出一条船“中国商报号”青年友好之船远航澜沧江——湄公河，这是一次满载收获的航行，六国青年在交往中增进友谊，在交流中达成共识，在参观中加深了解，在考察中捕获商机。一泓春水无言，一串欢歌悦耳，“中国商报号”满载而归。

今日点评：

一条大船“走出去”

在 2001 年，中国、泰国、缅甸、老挝、柬埔寨和越南六国的青年代表登上一条不平凡的船，踏上了“澜沧江 - 湄公河青年友好之船”旅程，这条船就是“中国商报号”青年友好之船。

2001 年是新世纪的开年。就在“中国商报号”青年友好之船出航前不久的 12 月 11 日，我国正式成为世界贸易组织成员，进一步推进全方位、多层次、宽领域对外开放迎来重要契机，也对我国的经济发展产生了深远影响。在加大“请进来”的同时，如何融入世界，增强“走出去”的能力成为当时最紧迫的问题。

同样是 2001 年，中国 - 东盟经济合作专家组 3 月在中国 - 东盟经济贸易合作联合委员会框架下正式成立。专家组认为中国 - 东盟建立自由贸易区对东盟和中国是双赢的决定，建议中国和东盟用 10 年时间建立自由贸易区。此后的 2002 年 11 月，第六次中国 - 东盟领导人会议上，中国和东盟 10 国签署了《中国与东盟全面经济合作框架协议》，决定到 2010

年建成中国－东盟自由贸易区，中国－东盟建立自由贸易区的进程正式启动。

今天看来，当年这两件中国经济领域的大事恰好对应了世界经济逐渐呈现的经济全球化和区域经济一体化的特点。十多年来，特别是区域经济一体化风起云涌，发展很快。中国大江驶出的“中国商报号”青年友好之船同样也通过六国青年间的沟通交流为相互之间不断加强经济联系贡献了一份力量。

青年永远代表着未来，东盟广阔市场今天同样还是经济交往的热点，“中国商报号”开拓进取、交流合作的精神在当下同样有着积极意义。

中国商报
CHINA BUSINESS HERALD MARKET WEEKLY
中国商报创刊20周年
中国商业出版社建社25周年
创新让商界更精彩
JINIANTEKAN
纪念特刊
A 综合篇
B 报纸篇
C 图书篇
D 期刊篇
E 专题篇
F 产业篇
G 广告篇

2009年10月1日 星期四
中国商报 收藏拍卖导报
CHINA COLLECTION&AUCTION HERAL
收藏拍卖导报
国庆60周年珍藏特刊
1997
特别赞助
中鸿信国际拍卖有限公司

NA AUTO HERALD

汽车导报

中国商报

京国际汽车展 特刊

100版

Auto China 2002 Special Collection

致读者

2002 Auto China

北京国际汽车展特刊 本土企业

北京国际汽车展特刊 跨国公司

北京国际汽车展特刊 服务营销

北京国际汽车展特刊 50年历程

州汽车博览中心

建国50周年、60周年，或逢国际汽车站、改革开放30周年、中国入世10周年等重要节日、活动，中国商报都会出版特刊。此外，中国商报创刊20周年以及中国零售业年度人物评选等报社“自己的”重要日子，也会出版特刊。这些特刊少则对开三四十版，多则百版以上，令人目不暇接。中国商报.收藏拍卖导报出版的50版建国50周年珍藏特刊、60版建国60周年珍藏特刊，至今还有许多收藏者在到处寻找。

一流的市场 鲜明的特色

1997年，中国商报新闻出版总社在自己的“产业”——千年古刹报国寺里开办了报国寺收藏市场。黄金地段加上优雅的环境、先进的理念，特别是坚持民间收藏的定位，让报国寺收藏市场很快名声鹊起，成为在全国乃至海外都具有广泛影响的民间收藏重镇。其历代钱币以及各种纸质收藏品的水平在全国首屈一指。

中国商报新闻出版总社不仅开办了报国寺收藏市场，还拥有《中国商报 收藏拍卖导报》、《中国收藏》杂志、东西方国际拍卖公司。并且常年与各级收藏协会、文博机构合作举办多种展览、讲座以及收藏交流活动，形成了功能丰富、特色鲜明的收藏产业集群。

梦想，

新闻人的梦想，就是社会的梦想。

一个 27 年前的反腐提议

旧闻摘要：

名烟名酒应自费

（中国商报 1988 年 9 月 3 日报道）

名烟名酒价格开放之后，实现了高档商品优质优价，在国营商店柜台上供应能够销得出、摆得住。事物总是矛盾的，名烟名酒市场上能够买到了，有些机关团体单位就动用公款买来作为请客送礼的手段。正如人们所说：花钱买的不是为了自己用，吸好烟、饮好酒的不用自己花钱。只要这种做法合法化，高档烟酒再多也挡不住公家开放送礼请客闸门的冲击。用公款烟酒请客送礼，作为行政部门、国家企业之间办事的敲门砖、润滑剂，既是铺张浪费的奢侈之风，又是影响政府为政清廉、提高办事效率的一种腐蚀剂。一些不太廉洁的干部就被拖下了水，他们对名烟名酒的要求会越来越高，贪心会越来越大，社会集团在这方面投资也将越来越大。国务院三令五申要求控制社会集团的购买力，可这几年社会集团的购买力不但没有下降，反而逐年大幅度上升，今年上半年又上升了 22%。社会集团的购买力增加，是物价指数上涨的一条重要原因。广大群众对物价上涨的大部分原因是可以理解和接受的，惟有社会集团的购买力大幅度上升引起的涨价，是不能为群众谅解的。

今日点评：

一个 27 年前的反腐提议

这是一个 27 年前的提议！而且里面提到了“政治清廉”“奢侈之风”这样的概念，今天读来简直让人感觉时空交错了——27 年很短吗？27年很长吗？为什么有些东西那么遥远，有些东西却近在眼前？原来公款吃喝、请客送礼早已有之，真正是屡禁不绝。而且，当初的“集团购买力”已经成为推高物价的重要原因。人们无从知道今天的“集团购买力”占据了多少市场份额，不过十八大以后，高端餐饮、五星酒店、鲜花礼品市场的下滑幅度惊人。退潮之后才知道谁在裸泳，原来，这些奢华之中竟然隐藏着如此之多腌腌臜臜的东西。对比 27 年前，历史竟如此相似。反腐要靠制度——有些人的馋或者贪属于天性，仅靠道德提倡显然无法遏制。27 年后，这样的制度已经大大完善了，但仍需要继续完善。

“名烟名酒应自费”，可以理解成购买名烟名酒不能开具发票，或者只能开具某种不易报销的特殊发票，这的确值得好好琢磨琢磨。如果做出这样一项规定，一定会给那些请客送礼者增添不少麻烦。其实天下没有撬不开的锁，小偷见到麻烦的锁往往就会望而却步。那些不好见光的请客送礼者一定和小偷有着同样的心态。这个 27 年前的提议，今天看来，即便在操作层面上也似乎是个可行的提议。

食品安全十问

旧闻摘要：

如何让群众吃上放心肉？

（中国商报 1998 年 12 月 2 日报道）

为了推行生猪定点屠宰，福建商贸财经系统的广大干部职工不仅付出了辛劳、汗水，甚至也要为此洒下鲜血。

监管体制不理顺 “九龙”难保食品安全

（中国商报 2008 年 5 月 15 日报道）

《食品安全法》草案自 4 月 20 日公布以来，受到了社会各界的广泛关注。业内人士告诉记者，政府负总责表面上好像有所转变，但实际上并没有从根本上改变现行的以分段监管为主、品种监管为辅的食品安全监管体制，其弊端自然很难消除。

皮革奶“接棒”三聚氰胺 乳业再现丑闻

（中国商报 2009 年 6 月 2 日报道）

“三聚氰胺”事件过后，中国乳业一度处于一损俱损的边缘。如今，结石宝宝尚未完全康复，皮革奶又“粉墨登场”，再度演绎中国乳业丑闻：浙江晨园乳业被曝乳品中含有皮革蛋白粉，而且该物质被食品专家定性为含剧毒。

食用油市场利润遭受严重挤压　正规军染指地沟油生产源于暴利（中国商报 2011 年 9 月 19 日报道）

近日，公安部统一指挥浙江、山东、河南等地公安机关历时 4 个月，成功破获一起特大利用地沟油制售食用油案，抓获犯罪嫌疑人 32 名，同时扣押食用地沟油 100 余吨。

媒体曝铜质水龙头都含铅　堪比三聚氰胺

（中国商报 2013 年 8 月 11 日报道）

日前，上海电视台对 13 个水龙头样品进行抽检发现，9 个品牌的铅析出量超过国家标准。相关资料显示，铅的毒性堪比“三聚氰胺”。

今日点评：

食品安全十问

食品安全问题屡屡发生，各种分析、解释层出不穷。但是各路高人苦苦探索，以下十问似乎依旧没有答案。

一问：食品安全问题出在哪个环节，种植养殖、加工、储运还是销售？或者是每个环节都有问题？

二问：食品种类林林总总，比如儿童食品老年食品、生鲜食品加工食品，还有有机食品绿色食品，哪一类食品安全问题最多？或者哪个问题都不少？

三问：食品安全问题的广受关注，是因为人们更重视健康还是食品变得愈发不安全？

四问：食品安全问题是从何时起成为普遍问题、社会问题的？自古如此还是最近二十年左右才有？

五问：中国是不是食品安全问题最严重的国家？如果是那是为什么，如果不是，还有谁的情况差不多甚至更严重？

六问：曾经多头管理也曾经一家独大，哪种方式有效遏制了食品安全问题的出现？还有没有更好的方式？

七问："三聚氰胺"事件以来，又有多少人因为食品安全问题被追究刑事责任？史上最严食品安全法实施能不能从此杜绝恶性事故发生？

八问：每次大规模食品安全事故出现以后，都有媒体呼吁必须要从源头抓起。这个源头在哪里，田间地头还是官员的办公室？从源头抓起是否可行？开始了吗？

九问：食品安全问题多发是否与急功近利、一味拜金的社会风气有关？如果有，这个问题能否尽快有效控制？

十问：如果食品都不能相信，我们还能相信什么？什么时候、怎么样才能让我们吃的东西安全起来？

请让医生重新成为天使

旧闻摘要：

医院分类管理 “以药养医”叫停

（中国商报 2000 年 3 月 1 日报道）

从今年起，我国 30 万家医疗机构将被划为营利性和非营利性两大类，分开管理，使社会上的各种医疗机构面向市场，规范运营，平等竞争。在堵住“以药养医”渠道的同时，在总量控制幅度内，综合考虑医疗成本、财政补助和药品收入等因素，调整不合理的医疗服务价格。

如果医生能把自己的工作当做“志业”

（中国商报 2006 年 11 月 18 日报道）

据中国医师协会最近一次的《医患关系调研报告》显示，近年来全国平均每家医院发生医疗纠纷 66 起，发生患者打砸医院事件 5.42 起，打伤医师 5 人——医患关系的紧张度正逐年增加，医患矛盾有激化趋势。中国医师协会副会长高润霖院士对此的评价是：“中国目前的医患关系现状在全世界都是‘独一无二’的：患者不相信医生，医生需要提防患者。”

新办法管得住药价吗？

（中国商报 2010 年 7 月 3 日报道）

尽管新《办法》在具体细节上出现了一些新的内容，但部分业界人士认为，药品价格管理的思路和本质并没有什么变化，能否管住药价还要被打上问号。

与原《药品价格管理办法》比较，新《办法》征求意见稿仍延续了原来的药品价格管理模式，即药品价格管理实行政府定价、政府指导价和市场调节价 3 种形式。规定列入国家基本医疗保险药品目录的药品已经具有垄断性、经营性特征的药品，实行政府定价或者政府指导价，其他药品实行市场调节。

今日点评：

请让医生重新成为天使

很长时间以来，医患纠纷屡禁不绝，一些极端现象不断出现。卫生部、公安部屡出重拳，但是效果并不明显。为什么？因为在手术室外或者病房里严厉打击“医闹”只能治标，并不治本。

丑态百出的“医闹”的泛滥当然有患者一方法律意识淡漠或者整体素质低下的问题。但试想，现在去就医，有几个人对医院、医生带着百分之百的信任？这是激发医患纠纷的直接原因。

为什么不信任呢？一个最重要的原因是钱。医院、科室直到医生，都背负着创收的压力，或者说都怀揣着赚钱的企图。挂号费不值一提，于是各种检查做了又做，各种高价药变着花样开。于是许多患者都带着提防、戒备之心就医，生怕挨宰。现代医学也不能包治百病，可是带有这样心理的患者，一旦医疗效果不好，哪怕只是正常现象，也会认为是医生因为赚钱而误事，于是闹将起来。

患者是弱者，患者只能将自己的健康甚至生命托付给医生。这时候，医生必须要有慈悲之心、必须只有天使之怀，不能夹杂任何私利。面对弱者，夹杂着私利的天使就不再是天使，连普通人都不是，只能是魔鬼。医生这个行业就是这样，不是天使就是魔鬼。

今天限制药价明天放开药价，今天重拳整治医闹明天设立所谓的第三方鉴定机构，今天让医生轮岗明天规定体查结果可以通用，这一切，都不如让医药彻底分开，让医生重新成为天使。

如果说受困于优秀医疗资源的短缺，看病难的缓解还需要一个过程的话，至少，让每一个患者得到安心放心、价格低廉的普通医疗吧。

没有那么多“不可能”

旧闻摘要：

信息产业部有关部门负责人称：国内手机单向收费不可能（中国商报2000年10月23日报道）

10月20日上午，信息产业部有关部门负责人在某电视台录制访谈节目的现场，明确回答消费者的提问说，从实施单向收费的美国的经验看，并不成功。国内手机单向收费目前已无可能。

这位负责人反驳专家和消费者指出的美国实行单向收费的事实时说，美国移动电话双改单后，电信运营商并不买账，美国的固定电话用户也反对强烈。在发达国家不成功，在我国成功的可能性更小。特别是涉及双改单后加收固定电话端的收费，在我国行不通。

今日时评：

没有那么多“不可能”

手机单向收费如今已经相当普遍，而在2000年，这只是个遥不可及的梦。

当时的政府官员表态时多么斩钉截铁。不知手机单向收费的政策颁布时，这位先生作何感想。事实上，还有很多官员曾经或者正在这样斩钉截铁地表达着什么。比如“永远不允许私家车运营”，比如在金融、燃油、电信、航空等领域，还有很多很多的不允许、不可能、不合理、不现实。

官员们的表态印证了一个道理——有时候就是屁股决定脑袋。这些斩钉截铁的表态往往代表着他们所处的行业利益，在其位谋其政也算情理之中。然而，行业利益也许大多数时候和社会利益相一致，但在某些时段、某些局部又会和社会利益相悖。只有想着行业利益，而胸怀社会利益官员才能得到社会、民众的拥戴，也才能真正推动这个行业的健康发展。但现实是，许多官员只知行业利益，为了行业利益可以把“长远发展”与“眼前现实”、“国际惯例”与“中国国情”玩弄于鼓掌之间，哪个符合自己的利益选哪个。可以说把行业作为自留地，为了它斤斤计较、不惜与社会潮流相背，这样的官员只能算是庸吏而已。只可惜，庸吏太多，能臣太少。

“不可能”的手机单向收费不是很快变成现实了吗，还会有更多不可能变成现实。

尔曹名与身俱灭，不废江河万古流。如果没有胸怀民众福祉的境界，至少说话谨慎一点吧。秦皇汉武也不能“永远”，区区庸吏们还是别那么斩钉截铁的好。

唉！当年的房价组合拳

旧闻摘要：

“政策组合拳”能否将高房价降下来

（中国商报 2005 年 5 月 20 日报道）

自 3 月初以来，政府出台了一系列抑制房价过快上涨的政策，其密度之高前所未有，对房地产市场走势也产生了不容忽视的作用。两个多月的时间过去了，政策效果开始逐步显现：市场成交量持续下跌，成交均价涨幅趋缓，市场分化趋势明显。

专家认为，中央政府之所以接连出重拳抑制房价，是因为看到了调控失灵的迹象。今年一季度，全国房价增长幅度仍然过快，少数城市的房价增幅接近或超过了20%，各级政府的调控措施似乎打了水漂。

谁来救高房价下倒悬的民生？

（中国商报2008年9月1日报道）

根据国家统计局最新公布的数据，2008年上半年中国70个大中城市房屋销售价格同比上涨10.2%，涨幅比上年同期高4.2个百分点；这表明，房地产行业繁荣发展的格局并未改变。现在，一些地方政府又开始救市，房地产市场怎么可能真正“理性回归”？谁来救高房价下倒悬的民生？

新政频出 房价为何没有应声而落

（中国商报2011年8月19日报道）

“新国十条”的威力尚未尽显，新一轮更为严厉的地产新政似乎已经破茧待出。

然而耐人寻味的是，就在房地产市场风声鹤唳草木皆兵、堪称“史上最严厉”房地产调控政策火热推行的当口，海口等地房价却逆市领涨。

今日点评：

唉！当年的房价组合拳

涨？还是跌？这是一个关于房价的永恒话题。

60年代的你或许已在考虑将来的养老及孩子的住房，70年代的你已经需要安身立命，80年代的你已从热血年华走到了如今的成家立业。十年变迁，改变的不止是面貌。楼市也经历了从“十年之前，我不认识你，你不属于我”到“十年之后，我想拥有你，你却看不起我”的“华丽变身”。

以北京为例，十年前，北京二环房价均价6000多元/平米，媒体呼吁，民众期盼，政府的政策“组合拳”希望能将高房价降下来。十年之后的今天，呼吁和期盼从未停止，房价却一路“任性”高歌猛进，北京二环房价均价60000多元/平米。让人悔不当初，砸锅卖铁也应该先把房子买下来。

对于中国人而言，一套房子意味着一个真正的家。而现实是，高房价无情地击碎了年轻人的梦想。一路飙升的房价，将工资收入远远地甩在后头。如果你真的砸锅卖铁，买了房子，那么父母一生的积蓄以及你自己二三十年的未来都会被它耗尽。梦想实现还是噩梦刚刚开始？很难说。有关调查表明，中国年轻人暮气沉沉的原因：高房价、工作竞争和经济问题成为压力源中的前三位，其中85.6%选择了“高房价”。

“从世界各国的情况看，住房是老百姓基本的生存资料”，这个基本资料为何在中国变得如此遥不可及呢？耕者有其田，居者有其屋，是中国一个古老的追求，为什么今天还在追求？

中国梦是人民的梦，要让人民共享人生出彩、梦想成真的机会。中国梦也应该包括民众的住房梦吧，希望每个奋斗的年轻人都能够及早圆梦。

化学品“警钟”为谁而鸣

旧闻摘要：

化工厂事故频发 考验地方环保智慧

（中国商报2010年8月10日报道）

近期，化工厂事故频发，让人们关注的焦点逐渐聚集：

中国的化工安全到底怎么了？今年夏季洪水来临后，7000多只化工桶离开位于松花江上游的两家化工厂，顺流而下，时刻威胁着沿江居民的饮水安全。在海港城市大连，不断蔓延的油污，成为爆炸之后真正考验环保的难题。

闷热湿气笼罩下的金陵古都南京，家居江南沿岸迈皋桥、燕子矶等地的居民从一阵轰鸣声中惊醒，刹时冲天的火光从位于大江南面陈旧的工业区蹿起。在原南京塑料四厂旧址拆迁工地，由于野蛮施工导致埋藏多年的危险化工品管道被切断，易燃的化工原料丙烯液体迅速泄漏后引爆，酿成近年来国内最大的化工惨剧之一——南京“7·28”丙烯管道爆炸事故。

据南京市政府公布的统计称，截止到7月31日，本次事故造成13人死亡、14人重伤，120人入院治疗。而由于目前仍在危重治疗部的重伤病人情况不明朗，死亡人数或将增加。早在2005年，吉林石化爆炸引发松花江水污染之后，哈尔滨全城停水数日，就引发了一轮对化工布局的质疑。而今年夏季大连、南京、吉林等地接连爆出化工危机事件之前，福建紫金矿业对汀江部分水域的污染，已引爆了人们对于化工安全的又一次争论。

化工安全事故频发时刻提醒人们，重化工时代带来的不只是环境污染，还有对公共安全的巨大威胁。这个问题不仅与现在的化工企业相关，而且也是今后政府和社会都必须要面对的课题。

中国进入“重化工时代”是新一轮国际产业转移的必然结果。从劳动密集型产业到重化工产业的升级，无疑是在重复西方发达国家所走过的道路。因此，重化工企业的污染问题和对公共安全的威胁，也就难免会一同转移进来。在短短不到一个月里，四起特大化工安全事故震惊国内外。虽然它们发生的原因不尽相同，但也有共同点，除涉及重大化学污染之外，更严重威胁到市民的安全和健康。尤其是目前很多化工企业都位于公共水源附近、居民生活区等环境敏感区域，一旦发生意外和被破坏，影响范围甚广。不仅会造成很大的恐慌，甚至还将付出生命的代价。

今日点评：

化学品“警钟”为谁而鸣？

五年前，这是一个“警钟”！五年后的今天，以及若干年后，人们都不应该忘记。

中国的化工安全到底怎么了？五年前我们曾这样追问，今天我们依然在质疑，到底是什么原因造成事故频发？近几年来化工厂爆炸事故时而有之。大大小小的化工厂爆炸事故十几起。尤其是最近也是最为严重的一起，2015年8月天津港化工仓库的爆炸更是触目惊心。是不是可以认为，当初那些鲜血淋漓的教训还不够？

近年来，随着国内经济的迅猛发展，危险化学品事故正呈现出明显上升的趋势，相关的报道屡见报端。危险化学品尤其是剧毒化学品生产、运输过程中的安全问题，已经成为社会关注的热点问题，但让人匪夷所思的是，每一次事故发生后，除了媒体一阵讨伐后，往往就再也没有下文了。当地政府在做完“做好化工事故善后处理工作”、“加强危险化学品生产运输安全”等程式化要求的动作之后，往往会偃旗息鼓，我行我素，以至于“化工安全”事故仍然频频发生。

于是，媒体的呼吁、讨伐显得苍白无力。“时间永是流逝，街市依旧太平”，有限的几个生命，在中国是不算什么的，至多，不过供无恶意的闲人以饭后的谈资，或者给有恶意的闲人作“流言的种子”，这是鲁迅在差不多90年前悲愤之中写下的句子。90年后的今天，在各种安全事故时时出现，一个个生命不断消失的时候，想起这样的句子，竟然颇有同感。

什么时候，我们还需要付出什么样的代价，才能对生命产生更强一点的敬重呢？

今天，你幸福吗

旧闻摘要：

为什么自己的首都我们只能暂住

（中国商报2005年2月21日报道）

按国家计委和财政部2001年年底下发的文件要求，截止到2001年12月31日，凡未经国务院和省、自治区、直辖市人民政府批准的行政事业性收费项目，一律取缔。这意味着到城市打工者将不用再交一些繁杂的费用了。尽管我们从新的措施看到了希望，但还是看不到暂住证制度消亡的尽头。

户籍改革中那些不想当市民的农民们

（中国商报 2007 年 7 月 27 日报道）

记者联系上陕西省洋县县委宣传部，一位干部告诉记者，现在城乡差别小，洋县有不少“农转非”的人又在“非转农”。该县龙亭镇高原寺村的黄林正夫妇原本在农村种田。1992 年，夫妻俩花 1 万元把户口买进城当上了工人。但后来夫妇双双下岗，在城里无法生存。最近，他们向村里交纳 3000 元入户费办理了“非转农”手续，准备争取一块田继续种地。

“南方供暖”提案很有暖意

（中国商报 2012 年 3 月 12 日报道）

全国政协委员张晓梅建议将北方集中公共供暖延伸到南方。张晓梅称，近年来南方地区数度“冷冬”，出现大雪冰冻天气。由于南方雨水偏多、湿度大，气温虽没有北方低，但实际感受却比北方更冷。目前，南方一般使用空调和电暖器来过冬，浪费资源亦加重了百姓经济负担。

“异地高考”破冰还有哪些阻力

（中国商报 2012 年 4 月 17 日报道）

今年两会期间，教育部部长袁贵仁明确表示，关于异地高考的问题，教育部正鼓励各地尽快推进，现在到最后的冲刺阶段了，用不了10个月就会出台相关政策。

“营改增”全面推广仍有难度

（中国商报2012年6月29日报道）

虽然国家计划在“十二五”期间将“营改增”在全国推广，但相关专家认为这个时间表太过乐观。

今日点评：

今天，你幸福吗？

看到这个问题，也许你要说我太不解风情，问这么俗的问题；也许你会在心里撇撇嘴说：“我姓王，不姓福。”不管怎样，有时间还是静下心来问问自己，你想要的幸福是什么？今天，你幸福吗？

幸福其实是一种自我富足。有人觉得，有一份稳定的工作，稳定的收入，跟家人在一起，就是幸福；也有人觉得工作时间久了，时常能够出去度个假，放松一下心情就是幸福。当然，我最喜欢的是林语堂对幸福的解读："幸福很简单：一是睡在自家的床上；二是吃父母做的饭菜；三是听爱人给你说情话；四是跟孩子做游戏。"

这些看起来简单的幸福，其实又很难。在房价居高不下的情况下，你有自己的房子吗？你背负着沉重的贷款负担吗？

在人口迁徙的年代，你是在异乡漂泊吗？你会受到户籍带来的种种限制吗？孩子能够得到很好的教育吗？

在许多乡村、中小城市存在大量空巢的年代，你的父母还好吗？能跟你生活在一起吗？当他们生病的时候会得到很好的治疗吗？

你有稳定的收入支撑一个家吗？你有足够的时间陪孩子成长吗？你能不为钱所困、过有尊严的生活吗？

不是我们要求的太多。也许是一个快速变化的时代能给予我们的太少，也许，这些从来都是不可求全的梦想。

背负着压力，也怀揣着梦想。媒体人更需要梦想。我们每天在路上奔波着，在电脑前疾书着，为自己的未来，也为更多人的幸福。

后记

主　编：徐　舰

副主编：张　军　赵　钢

撰　稿：陈雪辉　唐　砚　杨麒筠　彭婷婷　王路遥　贾欣然

注：

本书第一章、第六章主要由陈雪辉撰写初稿，王路遥参与。第二章由杨麒筠完成，第三章由彭婷婷完成，第四章主要由唐砚完成，贾欣然参与了部分初稿撰写，第五章由撰稿人共同完成。徐舰对全书初稿进行了加工、改写，赵钢也参与了这项工作，张军对文章提出了不少指导意见。刘毕林、史兰菊对全书进行了编辑。

本书选取《中国商报》30年的报道，希望达到以小见大，以史鉴今的目的。不知读者读后有没有这样的收获。

图书在版编目(CIP)数据

三十年河东 / 徐舰主编. — 北京：中国商业出版社,2015.10

ISBN 978-7-5044-9155-8

Ⅰ. ①三… Ⅱ. ①徐… Ⅲ. ①新闻报道–作品集–中国–当代 Ⅳ. ①I253

中国版本图书馆CIP数据核字(2015)第242472号

责任编辑：史兰菊

中国商业出版社出版发行
（北京广安门内报国寺1号　　邮编　100053）
010-63180647　　www.c-cbook.com
新华书店总店北京发行所经销
北京华联印刷有限公司印刷

889毫米 x 1194毫米　1/32开　6.625印张　98千字
2015年10月第1版　2015年10月第1次印刷
定　价：30.00元

（如有印装质量问题可更换）